セカンドバージン

大石　静

幻冬舎文庫

セカンドバージン

1

目の前で、ランチのビーフシチューを美味《おい》しそうに口に運ぶ鈴木行《こう》の手元を見つめながら、るいは思った。

指の長い男は不実だ……。

男性経験は別れた夫だけだが、彼も長くて細い指だった。

十九歳の時、これが恋愛なんだろうと錯覚してしまい、早々に子供が出来て学生結婚した。しあわせという名の甘い感情に酔えたのは、お腹《なか》が目立ちはじめる前までで、臨月近くになると夫はよそ見を始めた。思い出すのもバカらしい結婚生活だった。

お互いに若かったと言えばそれまでだが、るいがその後、男を愛することが出来なくなったのは、別れた夫があまりに不実だったからだろう。

大手出版社に勤めながら、両親の協力を得て長男を育てている間も、様々な男達に言い寄られたが、るいは誰も信用出来なかったし、小さな男の子がいると言うと、みな一瞬身を固くした。息子まで面倒見られないかもしれないという男の戸惑いを感じると、るいの心はますます男を信用しなくなった。

上司の向井肇《むかいはじめ》に、新しい出版社をつくろうと誘われ、大手を辞めて「新海社《しんかいしゃ》」を設立し、専務におさまってからは、見事に誰からも口説かれなくなった。地位のある女は煙たがられる。男は保守的で情けないものだが、寂しいと思ったことはない。

るいは新海社の設立時に独特の力を発揮した。人気作家に「新海社のために新作を書く」という誓約書をもらい、それを担保に銀行から融資を受けるという離れ業《わざ》を考え出し、実行したのもるいだった。活字文化の衰退が顕著な時代にあって、新海社は出版界の奇跡と言われるほど、順調に業績を伸ばしている。

社長の向井はそろそろ上場したいと考えているようだが、るいは反対だ。出版は株主のご機嫌をうかがいながらやるものではないと思うからだ。

目の前の鈴木行も、別れた夫のように不実な奴なんだろうな……きっと……。しかし、この食いっぷりは素直でいい。会社の若い社員を見ていても、食いっぷりのいい若者には裏表がない。

その時、行が聞いて来た。

「召し上がらないんですね」

るいが何の目的で自分に会いに来たのか考えているに違いない。

観察をやめて、るいは本題に入った。

「金融庁をお辞めになるってお気持ちは本当ですか？」

行は何も答えなかった。

「お辞めになるなら、新海社から本を出しませんか？　昨日、那須田《なすだ》局長のお宅でなさっていたような話。『誰も知らない金儲け』とか『金融庁の闇』とか『人生はリスクとリターンのバランスだ』とか」

「何ですか、それ……？」

「本の題名です。金融庁をお辞めになれば、何でも書けるでしょ」

「役所の悪口を言う気はありません。それに文章なんか書けませんよ、僕に」

「しゃべって下されば、ライターが文章を起こします。本って当たれば大きいですよ」

「百万部売れたって、たかだか一億円くらいでしょ」

自分達は国家予算を動かしているのだ、一億円くらいで驚くか、という響きが行の言葉にはあった。

生意気な奴。

前の晩、大学時代の友人宅で行を紹介された時もそうだった。

友人は金融庁のキャリア官僚の妻になっており、夫は同期の一番出世で、今は企画局の局長だ。華やかなことの好きな夫婦で、自宅でよくワインパーティーを開く。

出版社の専務であるるいにとっては人脈を広げるいいチャンスなので、誘われれば那須田局長宅の集まりに必ず出かけた。

局長にかわいがられているという自負からなのか、行は客達の前で饒舌《じょうぜつ》に自論を語った。

日本の金融市場は、このままではアジアのローカルマーケットに沈んでゆく。

他の国のように株と商品を同じ口座で取引できるように法律を改正すれば、日本の個人金融資産千四百兆円が投資に向かい、日本の経済は活性化し、この国の景気は上向く。

というのが行の主張だった。

るいにはちんぷんかんぷんな話だったが、金融庁と経済産業省の垣根を取り払い、金融商品取引法を改正すべきだと局長に迫る姿は、生意気ながらも、上司に従順な新海社の若い社員には見られない勢いが感じられた。

るいは昨夜帰宅してから、部下に金融庁の鈴木行についての調査を命じた。

部下が今朝上げて来た資料によれば、鈴木行は次のような経歴だった。

「開明高校から東大法学部へストレート合格。

国家公務員試験I種合格後、財務省からの誘いを断って金融庁に入庁。

父は農水省のノンキャリアで、母は専業主婦。

妻は長崎の財閥で、日本最大のそうめんメーカー、三沢そうめんの長女」

部下の友人が、たまたま行と東大で同期だったことからわかった個人情報である。絵に描いたようなエリートだが、金商法の改正がかなわなければ金融庁を辞めると局長に言った瞬間、この男は本気だとるいは感じた。行儀のいいエリートとは違う一途な思いがある。この思いは人の心をとらえるのではないか。

今日、名刺を頼りに金融庁をアポなしで尋ね、行をランチに呼び出したのには、そういういきさつがある。

金融庁を辞めたら、本を書かせるだけではない。その前に経済評論家としてテレビで売り出そう。人気者にして本を一気にベストセラーにしよう。るいの頭の中で計画は着々と組み立てられて行った。

だが、肝心の行が思うようにるいの提案に乗って来ない。

「交渉事は断られた時からがスタートだって思ってますので、またご連絡します」

「そういうの顰蹙《ひんしゆく》買いませんか？　何度も言いましたように、僕は本を出すつもりはありませんので」

「…………！」

「わたし、顰蹙はお金を出してでも買う主義なんです」

「だから諦めません」

これまで動揺を見せなかった行が、るいの言葉に目を丸くした。

その表情が少年のように透明で、るいは思わずふっと微笑んでいた。

この瞬間が、るいの年甲斐もない恋の始まりだったのかもしれない。


行の妻万理江《まりえ》は、金融庁の官舎暮らしがイヤでならなかった。

よく言われるように、妻達の間にも上下関係があることが窮屈なのではない。万理江にとって、そんなことはどうでもよかった。気に食わないのは、官舎が狭いことだ。

長崎の大きな家で育った万理江には、1LDKは犬小屋のように感じられた。

実家はマンションのひとつくらい、いつでも買ってくれるのだが、夫がそれを潔しとしない。

子供が出来たら、実家の母も手伝いに来てくれるだろう。そうしたらこんな狭い家では泊る場所もない。行も子供が出来たら官舎を出ることを考えてくれるだろう。

三沢そうめん東京本社の支社長をやっている兄が杉並に家を持っており、その兄が中国支社を作るために、間もなく上海に発つ予定だ。兄の家が空いたら留守番代わりにと言って、行を説得しよう。

それより何より、まずは子供を作らなくてはと万理江は思っていた。

結婚して二年になるのに、なぜ私達には子供が出来ないんだろう。

子供がかわいいかどうかは産んでみないとわからないけれど、みんなが持っているものを、自分が持っていないことが耐えられない。

私は長崎の資産家の家に美しい容姿を持って生まれ、大事に大事に育てられ、欲しいものは何でも手に入った。東大出のエリート官僚の妻になるという夢も、簡単に果たせた。

父が金融庁の人事課に私の履歴書を預けたら、行を推薦してくれて、行は二度目のデートで私にプロポーズした。私のかわいらしさと、父の財力に魅せられたからだろう。

ここまでこんなにうまく行ったのに、なぜかこの頃、行き詰った気分でやりきれない。

それは行が子作りに積極的ではないからだ。万理江が求めれば応じるが、行から求められることはない。

毎朝、基礎体温を記録している万理江には、今日が排卵日だということがわかっている。

イライラしてはならない。心安らかに結ばれないといい子は出来ない。万理江は波立つ心を抑えるつもりで目を閉じた。一日一度の瞑想が、よい子を作ると本に書いてあったからだ。

行が帰宅した気配がしたが、瞑想中なので立ち上がらなかった。行は「ただ今。また瞑想してんの？」と言うと、万理江の横を通り過ぎて風呂場に直行した。

何のための瞑想かわかっているくせに。万理江は仕方なく瞑想を中断して行を追った。

「行クン、お願いがあるんだ」

万理江は風呂場の前で服を脱いでいる行に言った。

「何？」

「今日して」

「何すんの？」

「意地悪……真面目なお願いなのに」

「何ふくれてんだよ」

「行クンは子供欲しくないの？」

シャツを脱いだ行の上半身に万理江は腕を回して甘えた。

「……そりゃあ、いずれは欲しいけど……」

「いずれっていつ？　今日妊娠したって、生まれるのは来年の春なのよ。子供作るのって、すごく時間かかるんだからぁ」

「そうだね」

「今日するぅ？」

「わかったよ」

「じゃマリも一緒にお風呂入るぅ」

「いいよ、狭いから」

「だから引っ越そうって言ってるんじゃない！　こんな狭いお風呂イヤ、イヤイヤイヤ！」

「大声出すなよ、隣に丸聞こえだよ」

「隣に声が聞こえるような家、サイテー！」

その夜、行はそれなりに心を込めて万理江を抱いてくれた。

行の腕の中にいる時、万理江はやっぱり自分は愛されているんだと感じることができたが、終わった後、ベッドを抜け出し、裸のまま逆立ちをしたら、行がうんざりしたような顔をした。逆さまになっていたって、行の表情は万理江にはわかった。

妊娠しやすくするために、終わったら一刻も早く逆立ちしろと本に書いてあったからなのに、夫は何もわかっていない。

逆立ちしたまま万理江は説明を始めた。

「私達の世代は、環境ホルモンのせいで精子の直進応力が乏しいんですって。だから逆立ちしてお手伝いしてあげた方が妊娠しやすいの」

行は万理江の言葉に反応せずシャワーを浴びに寝室を出て行き、戻って来るとスタンドをつけて本を読み始めた。ベッドに並んで寝ている時、難しい本を読んでいる行を横から眺めるのはいいものだったが、今夜の万理江は何だか寂しかった。

逆立ちしていると頭の血管が切れそうで苦しいのに、「頑張れよ」の一言もない夫がとても冷たく感じられたからだ。

行とランチをした日の晩、るいは文壇の重鎮、眞垣秀月《まがきしゅうげつ》と炭火焼きステーキを食べていた。昼も牛肉だったので、るいはあまり食が進まなかったが、今年七十五歳になる秀月の食欲は、若い行をしのぐほど旺盛だった。

「週にいっぺんはステーキ食べな、書く意欲もわかへんわ」

というのが秀月の口癖だ。その度、るいがお相手をすることになる。最近中性脂肪が高いのは、秀月のせいかもしれない。

だがるいも向井も秀月の接待費だけはケチらない。それは「新海社」という社名の名づけ親が秀月であることと、十五年前の会社設立時、真っ先に「新作を新海社のために書き下ろす」という宣言を文壇に向かってしてくれたからだ。

当時から様々な賞を総なめにし、ベストセラーを連発していた秀月が新作を書くと約束したことは、他の作家達の決意もうながす結果となった。

新海社の順調なすべり出しは、秀月の応援なくしてありえなかったのである。その時の恩義を向井もるいも胸に刻んで忘れない。だから秀月の言うことは、どんな我がままでも聞くことにしていた。

前の出版社時代は向井が秀月の担当だったが、新海社になってからはるいの方がお気に入りで、毎週一度は秀月と食事をしている。他にも歌舞伎に行くとか取材旅行に行くとか、秀月は何かにつけてるいを呼び出した。

「あんた、いつもええ服着てかっこええけど、ほんまはパサパサやろ」

「パサパサ……心がでございますか？」

「どこもかしこもや。ピアスの穴かて使わへんかったらふさがってしまうんやで。そんなんもったいないやんか」

この手の話が大好きな秀月は、うれしそうに肩をすくめて笑った。

あまりの言われようにポカンとしたるいは、昼間、「顰蹙はお金を出しても買う主義だ」という自分の発言を聞いて、呆気に取られていた行の表情を思い出していた。彼の驚きも、こんな感じだったのだろうか。私が秀月を見るような思いで、行は私を見ていたんだろうか。

そう思うといささか寂しい気分がした。

帰りの車の中でも、秀月はるいの膝をポンポンと叩きながら説教をした。

「日本は文化レベルが低いよって、年齢の行ったもんの恋愛を受け入れへんけど、フランスの古典を読んでみなはれ。七十歳の女が二十歳の男と寝るシーンも普通に出て来るえ」

「先生に二十歳の恋人がいらしたら、素晴らしいですね」

「もっと好きに生きなはれ。ひとり暮らしもええけど、台所で卵かけご飯を立ったままかっこんでる寂しいあんたが見えるえ」

忙しいといつも台所で立ったまま、卵かけご飯をかき込んでいるるいは、秀月の洞察力に言葉を失った。そして、いつもなら聞き流している秀月の意見が、なぜか今日のるいには胸にしみた。

それは、昼間キョトンとるいを見つめた行の透明なまなざしと長い指が、るいの心を捉えていたからに他ならない。


翌日から、るいは何度も行に出版についてアプローチした。

しかし、行はるいを無視し続けた。

金商法の改正が不可能ならば、金融庁を辞めると局長に迫っていたが、役所を辞める様子もない。金融庁にいる以上、るいの計画は成り立たないので、次第にるいも行のことは諦め始めた。

その頃、編集部に置かれている大型テレビの画面の中に、るいは行の姿を発見した。歴史的政権交代が実現した直後の国会で、答弁する金融庁長官の後ろから、メモを差し出しているのが行だった。

さらに一年を経た冬のある日、金商法の改正が国会を通り、株と商品を同じ口座で取引出来る総合取引所構想がまとまったというニュースが、日経新聞の一面を飾った。

行を知らなければ、るいの目に留まるはずのなかった新聞の見出しだった。

よくはわからないが、彼が追い求めた理想が実現するらしいということだけが、るいにも読み取れた。あの一途さは本当だった。これからもエリート官僚として信じた道を突き進むだろう。本を出すことは出来なかったが、それはよしとしよう。

るいは遠くから激励の拍手を送る思いで、このニュースを読んだ。


行がるいの前に姿を現したのは、翌年の桜の頃だった。

代々木にある新海社に向かうるいの前に、突然行が立ちはだかった。ずいぶん乱暴な現れ方で、るいは何歩か後ずさりした。

「鈴木さん、どうなさったの？」

「僕、金融庁を辞めました」

小さな子供が百点満点の答案用紙を母親に見せるように、行は勇んでるいに話しかけた。

「夢が実現したばかりでしょう？　それなのに金融庁をお辞めになったんですか」

「役所でやれることは、すべてやりました。これからはプレイヤーとして、日本の金融市場活性化の先頭を走ります。具体的には、株とコモディティをネットで行う会社を起業します」

「コモディティ？」

「コモディティとは、商品の先物取引のことです」

「は……」

金融のことにはうといるいには、彼の言っていることがよくわからなかったし、十一時からの編集会議のことで頭が一杯で、行の話も耳に入りにくかったが、行はしゃべり続けた。

「中国は二〇二〇年をめどに上海を世界の金融市場の中心にしようとしています。これに負けないためには、今やるしかないんです。資本金集めのために本を出したいんですが、お力をお貸しいただけないでしょうか？」

行は自分で書いたという本の企画書をるいに差し出した。

「鈴木さん、ものごとにはタイミングというものがあるんです。うちは年間三百冊の本を出しますので、状況は日々刻々変わってゆくんですよ」

「もう遅いってことですか？」

「企画書はお預かりしますが、ご希望に添えるかどうかは、編集部で検討してみないと何とも申し上げられません。これから会議がありますので失礼します」

さんざん自分に出版を勧めたるいが、まったく乗ってこないことが理解できないという表情で、行は新海社の正面玄関に立ちつくしていた。

自分がその気になれば、誰でも動かせると思っているところが実に官僚的である。

あの時、私の申し出を袖にしておきながら、この堂々とした態度は何だ。出版をなめてもらっては困る。

しかし、行の涼やかさは健在だ。長身で透明感があり、野心に満ちたまなざしと、未知なるものに怯《おび》えるようなまなざしが混ざり合っている所がいいと、るいは改めて思った。

行の企画案は『日本の未来と金融市場』という大学教授の論文のようなもので、るいは半分読んだだけでゴミ箱に捨てた。

こんな本誰が読むのよ、わかっちゃいないわね、と心の中でつぶやきながら、るいは部下の山田梨絵《りえ》を呼んだ。それから金融庁を辞めた元エリート官僚の本を出すなら、どんな切り口がいいか、早急に考えるように命じた。

山田は翌日、『年収10倍アップします！』『金融庁元エリートが教える究極の錬金術』という二本の企画案をまとめて来た。

入社の時から目をかけて鍛えて来ただけあって、山田の仕事は速いしセンスもいい。

本人の知らない所で、鈴木行売り出しのプロジェクトが動き始めた。


その日の昼間、大きな盛花が夫あてに届いた。

「新海社　中村るい」という人からで、メッセージカードには「新しい門出が素晴らしいものでありますように」と書いてある。

新しい角出とは何だろう？　と万理江はじっと考えてみたが、何のことだかわからなかった。それより狭い官舎のダイニングテーブルの上に置くと、それだけで部屋全体を占領してしまうような威圧感のある花で、何となく万理江は不愉快だった。

るいって名前は女だろうか？　男だろうか？

万理江は咄嗟《とっさ》にこの花を捨ててしまいたいという衝動にかられたが、もちろんやめた。

「新しい門出ってなあに？」

行が帰宅するなり万理江は聞くと、行は焦って答えた。

「ごめん、役所辞めたんだ。今日言おうと思ってたんだけど……」

「え〜！」

万理江は丸い目をいっそう丸くして声を上げた。

「役所で何かあったの？　マリ、しんぱ〜い」

「大丈夫だよ。マリには心配かけないから」

「行クンは誰よりも頭いいから、マリは信じてるけど、これからどうするの？」

「新しい会社を作るんだ。モンディアーレ証券」

「なあに、それ？」

「モンドはイタリア語で世界って意味。モンディアーレは世界のってことだから、モンディアーレ証券は世界の証券会社ってことだよ」

「へえ〜、カッコイイじゃん。でもどうして私よりこの人が、そのこと先に知ってんの？」

万理江は唇をとがらせて、行を見上げた。

「新海社は僕に本を出さないかって誘ってくれてるんだよ」

「行クン、小説家になるの？」

「小説家じゃないよ。あ、これも新海社か？」

行がテーブルの上に置いてある『不妊治療最先端』という本を手に取った。

「こんな本も出してるんだ」

本の奥付には「発行人、中村るい」とある。

「中村るいってここに書いてある。すごーい、偉い人なんだ。行クン、なんの本出すの？」

万里江は不妊治療の本にるいの名前を見つけて、親近感を覚え、嬉しくなって言った。けれど、なぜか行は、難しい顔をして黙り込んでしまったのだった。


この男の端整な容姿と一途な物言いは、人の心を必ずつかむ、というるいの最初の直感は見事に当たった。

夏になる頃、行は経済評論家として、深夜の討論番組に登場、一躍マスコミの寵児《ちょうじ》となった。彼を特集する番組も作られ、雑誌にもしばしば登場し、清潔感あふれるキャラクターはインテリの心だけでなく、奥様方にも「金融王子」として人気を博した。

予定通り、著作『金融庁元エリートが教える究極の錬金術』はベストセラーになり、全国的に名前を売った行は、多くの出資者にも恵まれて、念願のモンディアーレ証券を設立した。

しかし、そのお披露目のパーティーにも、るいは顔を出さなかった。

山田からも、

「一度鈴木さんを盛り上げる会をしませんか？　鈴木さん、専務のこと大好きなんですから」

と言われていたが、時間がないからと聞き流していた。

それは多分、自分の心が怖かったからである。

あの長い指……端整な横顔……透明なまなざし……。それらを今日も明日も見ていたくなるかもしれないという予感が、るいの心をかすめたからだ。

私は四十五歳。新海社の専務として辣腕《らつわん》をふるい、出版界でも一目置かれる存在だ。

「鉄の女」などと呼ばれるのは不本意だが、実際、社員には厳しいし、仕事に妥協はない。

十九歳で息子を産み、すぐに離婚してからは、どんな男にも心を震わせたことはない。それが仕事に生きる女としての誇りでもあったのに、十七歳も年下の男の存在に足をすくわれるようなことがあっては、私のキャリアがすたる。そんなみっともないことがあってはならない。行はどこまでも新海社の商品なのだから……。

しかし、行は諦めなかった。「どうしても一度、お目にかかりたい、お礼をしたい」というメールを三日に一度は送って来る。小さい子供が、母親に何かをねだるように「なぜ僕の願いが叶えられないのか不思議でならない」と行は繰り返し言うのである。

ある朝早く、るいは思い立って行に返事のメールを書いた。

あまりにも頑な過ぎるのは、それはそれで不自然だと、突然思ったからだ。

「今日なら十八時からお目にかかれます。西麻布のコレシアでいかがでしょうか？　お忙しいと思いますので、無理はなさらないで下さい」

山田から、今日の夜は行に雑誌の対談が入っていると聞いていたから、実現しないことはわかっていた。

だが予想に反して、行は対談をキャンセルし、るいの誘いに応じると言って来た。

途方に暮れている山田の様子を見ていると、キャンセルの理由がるいであることを、行は山田に言っていないようだ。困ったことになったと思ったが、どうにもならなかった。向井を誘うと山田にバレてしまうし……。

るいは行に中途半端な誘いのメールを書いたことを後悔したが、約束の時間より早めに来てるいを待っている行の背筋の伸びた上半身を見た時、思わず微笑んだ。

「対談キャンセルしたでしょう、山田が困ってました」

「顰蹙はお金を出してでも買えって教えて下さったのは、中村さんですから」

「それなら、薄氷も割ってから渡って欲しいですね」

「はい。石橋も叩き割ってから渡ります」

以前は、るいの言葉に目を丸くしていたのに、今は堂々と言い返す行に、るいの方が一瞬たじろいだ。

「なぜ長い間、連絡が取れなかったんでしょうか」

行がまっすぐに疑問をぶつけて来た。

「もうあなたには、山田という担当者がいますから」

「それだけでしょうか」

「私が出て行くと、山田がやりにくくなりますもの」

「…………」

「今日のお食事は、新海社で持たせていただきます。お礼を申し上げるべきなのは、我が社の方ですので」

「そうですか。それなら別にお礼をします。何か欲しいものはないですか？」

「欲しいもの……」

「僕にプレゼントさせて下さい」

「欲しいものはありますけど……鈴木さんにプレゼントしていただけるようなものじゃあり

ません」

「それ、愛ですか？　恋ですか？」

挫折を知らないエリートが言いそうな、つまらない質問だ。

「あのね、愛とか恋とか、そういう曖昧な感情は信じられないの、もう」

「曖昧な感情？」

「そういう感情をよりどころにして生きるには、長く生き過ぎたわ」

この話は、ここで終わった。それからふたりは、とりとめのない話をしながらワインを二本空けた。

行は芝居や映画もよく見ており、読書量も多く、るいをうならせた。これまで行が語ることと言えば金融の話ばかりだったので、新鮮だったのかもしれない。

レストランを出ると、行がもう一度聞いた。

「やっぱり知りたいです。中村さんの欲しいもの……」

「プレゼントはいりません」

「でもしたいんです、プレゼント。僕、しつこいんです、思ったことはやりとげないと気がすまないっていうか……」

「私の欲しいもの……それはね……」

るいは行を見つめて静かに言った。

「死のような快楽」

「…………」

「だからあなたには無理だと言ったでしょう？」

行が動きを止めた。切れ長の目もピクリともせず見開かれたままだ。予想外のことが起きると弱いんだな、とるいは思った。どうだ、参ったかと心の中で言った時、いきなりるいの頬が行の両手で包まれ、行の唇がるいの唇に重なった。

予想していなかったので身動きが出来ず、るいは彼の唇をしっかりと受け止めてしまった。唇と同時に行のとがった鼻先がるいの頬に押し当てられている。

咄嗟に拒否できなかったことが悔やまれるが、動揺は見せまい。

るいは顔を離した行に、ゆっくり告げた。

「大通りに車を用意してありますので、ご案内します」

背筋を伸ばし、毅然とした背中を行に見せつけるように、るいは歩き出した。

だが、行をハイヤーに乗せた後、タクシーを拾ったるいは、窓ガラスに映る自分の顔が、見たことのない柔らかな表情になっているのに愕然とした。

私はこんな女じゃないはずなのに……。しっかりしろ、という思いで、るいは右手で自分の頬を叩いた。

万理江は、ひとりベッドの上に丸くなって泣いていた。

明日、官舎を出て、杉並の兄の家に引っ越すというのに、荷物がまだまとまらない。

今年の夏は猛暑で、ちょっと動いても暑い。

こんな肉体労働が、私にはもっとも向いていないのに、何でこんなことをしないとならないんだろう、こんな暑い夜に、ひとりで……。

実家の両親に引っ越し代を百万円ももらって、楽々パックを頼んだというのに、ぜんぜん楽でないことが、万理江の心を苛立たせていた。

揃いのエプロンをかけたおばさん達が何人も来たけれど、「奥様、これどうします？」って一々聞いて来て、万理江が指示しないと荷物は片づかなかった。お客様は何もしなくていいなんて嘘八百だ。あんな嘘の宣伝をしている引っ越し屋が許せない。

行も引っ越しの前日だというのに帰りが遅い。

口では「僕も手伝うから大丈夫だよ」なんて言うけど、結局何も手伝わない。あの人はいつもそうだ。

子供も「いつか作ればいいよ」って言うけど、本気で作る気もない。

あ〜何もかも気に入らないことばっかりだ。

万理江は枕をつかむと、壁に向かって投げつけた。


翌日の土曜日は、午前中から三十度を越す暑さだった。

るいは午後から出勤するつもりで、日が高くなってもまだベッドの中で休んでいた。るいの脇の下あたりで、猫のレタスも腹を出して寝ている。

昨日は行の顔がちらついて、朝まで眠れなかった。

唇の感触も、頬に押しつけられた鼻の頭の感触も、高い所にある肩の位置も、案外しあわせ薄そうな耳たぶの形も……私の頬を包んだ大好きな長い指の感触も……キスしたからって顔色を変えない私を見て、途方に暮れながら車に乗り込んだ行の背中も……何もかもがるいの体にまとわりついて、眠りに入る邪魔をした。

そんなるいを、レタスが明け方まで心配そうに見つめていたが、日も高くなってから、るいも少しうとうとし、安心したレタスも眠ったようだ。

レタスはこの家に越して来て一週間ほどした時、近くの公園の植込みの中にダンボールに入れて捨られていた子猫である。捨て猫は最初二匹おり、オスかメスかの見分けもつかないほど小さかった。適当に一匹をレタス、一匹をトマトと名づけて飼い始めたが、トマトはスポイトでミルクを飲ませても飲み込むことが出来ず、そのまま衰弱して死んだ。

トマトの分の元気をも独り占めしたようにすくすく育ったオスのレタスは、今では六キロもある大猫だ。るいにとっては、なまじの人間より心の通じるパートナーになっていた。

やっと寝入ったレタスが、外の物音に飛び起きて窓枠に飛び乗った。

「うるさいわね、何だろ」

るいも重い体を起こし、カーテンを開けた。

窓の外には大きな引っ越し用のトラックが見えている。

「お隣さん、お引っ越しだ……」

るいは台所に下りて、ジュースを飲みながらレタスの食事の用意をした。

隣家は半年ほど空家だったので物騒だったが、やっと人が越して来てホッとした。

玄関のチャイムが鳴ったのはその時だ。

ドアを開けると愛くるしい若い女性が立っていた。

「おはようございます。朝からお騒がせしてすみません。お隣に越して来ました鈴木と申します」

「そうですか、どうぞよろしく」

「こちらこそ、よろしくお願いいたします。これお近づきのしるしに……」

豊満な体つきなのに、胸を強調するふわふわとしたチュニックを着ている若妻は、熨斗《のし》のかかった箱をさし出した。

リビングに戻って包みをあけると、最高級の三沢そうめんが桐の箱にびっしり入っているではないか。挨拶の品にしては随分贅沢だ。きっと裕福な若夫婦なのだろう。新婚だろうか。

るいはそうめんの木箱をキッチンの調理台の上に置くと、出勤の準備にとりかかった。

2

万理江は新しい家が気に入っていた。

一階のリビングは広く、二階には夫婦の寝室の他に、行の書斎、客間があった。これなら実家の母が泊りに来ても大丈夫だ。庭は芝生に覆われ、子供が遊ぶにもいい環境だ。

早く子供を作ろう。赤ん坊を乳母車に乗せ、行とふたりで近所の公園まで散歩に出かける姿をイメージしながら、子作りの決意を万理江は前にもまして強く持った。

もうひとつ、官舎はペットの飼育が禁止されていたが、このあたりは一戸建てばかりなので、どこの家も犬や猫を飼っている。

小さい頃から動物が大好きだった万理江は、本当は獣医になりたかったのだが、理科系の頭ではなかったし、浪人してまで獣医になるほどの根性もなく、その道はあっさり諦めた。

でも、新しい家の近所だけを相手になら、ペットシッターが出来るかもしれない。飼い主が留守の時や、帰りが遅くなる時など、犬を散歩に連れて行ったり、猫に餌をやったり、トイレの始末をするくらいなら私にも出来る。

夫は仕事が忙しく、ほとんど昼間はひとりで過ごしているのだし、子供が出来る前の間の暇つぶしにはいい。でも行に話したら、

「命あるものを相手にするのは責任が重いぞ。大丈夫か？」

と、あまりいい顔をしなかった。

夫は最近テレビに出て顔も売れているし、本もベストセラーになっているから、何かトラブルがあったりしたら困ると思っているのだろうか。それとも妻が仕事を持つことがイヤなのだろうか。

それでも毎日、朝に晩に「やってもいいでしょう？」と甘えた声でせがんでいたら、「好きにしていいよ」と、ある日突然許してくれた。行は結局私のお願いは聞いてくれるんだ。

本当はやさしい夫なんだと、万理江は思うことにした。

早速パソコンで作ったチラシを、近所の数軒にだけポストインしたら、すぐに隣家の中村さんから出張の間、猫のレタスに餌をやって欲しいという依頼があった。

出張の後も、仕事で遅くなる日は、万理江の携帯に餌をやっておいて欲しいというリクエストが入る。

隣家のオス猫レタスは、万理江にもよくなつき、今ではすっかり信頼されている。他にも近所で何軒か、犬の散歩の依頼があり、万理江は張り合いのある毎日を送っていた。

だが、何より望んでいる子作りには、まったく希望が見えなかった。

産婦人科の不妊外来で、万理江だけは細かな検査を受けたが問題はなかった。行にも検査を受けて欲しいと言ったけど、「今は忙しいからそのうちね」と軽く流されてしまった。行は穏やかな性格だから、怒鳴ったりはしないけど、これ以上言うとご機嫌をそこねて、排卵日にしてくれなくなるかもしれない。それは困る。

毎月、排卵日になると、万理江は「今日、逆立ちの日なの」と行に思いっきりかわいい表情をして伝えることにしていた。

すると行は「うん」とうなずいて、「早いな一ヶ月」というような遠い目を必ずする。それでもその夜、行は万理江の願いを叶えてくれたが、その行為には何の情熱も感じられない。

誰か違う人をイメージしているのではないかと思うくらい、行はまともに万理江の顔を見ないし、最近では時々、最後まで行かないことがあった。

最後まで行かないと子作りの意味はない。月に一度のチャンスなのにと思うと、万理江は泣きたいくらい絶望した。

行は休日の午後は、一緒にスーパーに買い物にも行ってくれるし、子作りさえ積極的にやってくれたら最高の夫なのに、神様は何かひとつ足らないところを人に作るんだろうか……。

今朝も、行は午前中のテレビの討論番組に出演したので、夕方、一緒にスーパーで買い物をしていると、店内の人の目が行と万理江に注がれて、とても晴れがましかった。

レジのオバサンに「カッコイイですね、ご主人。こんなステキな人、どこで知り合ったの？　不公平だよね、世の中」って言われた時もうれしかったが、「お見合いなんです」って恥ずかしそうに微笑んだ瞬間、万理江は胃のあたりがシュワっと寂しくなるのを感じた。行は困ったような顔をして、早くレジを立ち去りたがっている。

わたしはみんなにうらやましがられる立場なのに、実はこんなに満たされていない。

一番欲しいものが手に入らない。

駐車場で行と並んで歩いていたら、辛くてその場にうずくまりそうになった。

こんな話、あんまり微妙で実家の両親には話せない。田舎の父と母には子作りの苦労なんかなかったみたいだし……。

猫のレタスのペットシッターを頼まれた時、隣の中村さんに、

「うちの夫、今流行りの草食系みたいで、子供作るのに積極的じゃないんですよね。それってやっぱりどっかおかしいと思いません？」

と聞いてみたら、

「子供なんかなくたっていいじゃないですか」

とどうでもいいことのように言い捨てられた。

お隣さんは独身だから、愛する人の子供が欲しいと思ったことがないんだろう。美人だからモテそうだけど、愛する人の子供が欲しいと思ったことはないんだろうか。猫しか話し相手がいない所を見ると、案外寂しい、経験の乏しい女なのかも。それでも一応、

「私、話し相手がいないんで、今度相談に乗ってくれません？」

と甘えてみせたら、

「私でよければ……」

と答えた。本気で心配する気もないのに……と思うと、万理江はまた孤独な気持ちになった。

るいはなるべくひとりになる時間を作らないように努めていた。

今まではランチもひとりで取ることが多かったし、ひとりで考える時間を持たないと、抱えた沢山の仕事を頭の中で整理出来ないと思っていたのだが、今はひとりにならないようにしている。

ひとりになると、頭の中を行の姿が占領してしまうからだ。自分の頬を包んだ行の手の平の感触が蘇ってしまうからだ。

いつも行のイメージは、るいの額の右上あたりに現れて、一度現れるとなかなか消えない。あの時、思いつきで口走った「死のような快楽」とは、こういう状況のことだったのか。甘美な感覚と引き換えに崩壊してゆく自分を感じて、いつもるいは必死で行のイメージをかき消した。

行の担当である山田の報告によると、行は第一弾の著作がベストセラーになっているにもかかわらず、第二弾の企画には消極的だという。

「他の出版社に口説かれてるんじゃないでしょうか」

「他社に取られたら、あなたはクビだわ」

るいは山田に厳しい言葉を吐き、同時に心の中で思った。

鈴木行が役所を辞めた後、華やかに世に出られたのは、自分の壮大な計画があったればこそだ。自分ひとりで羽ばたいたと思ってもらっては困る。他社から二冊目の本を出すなどという仁義にはずれたことをやるとは思えないが、もしそんなことを考えているなら断固阻止しなければならない。私と新海社をナメてはならないと言っておく必要がある。

その日の午後、るいはモンディアーレ証券の近くまで出向いて、行に電話を入れた。

「お忙しいのは承知でお願いいたします、三十分ほどお目にかかれないでしょうか」

行はるいが指定したホテルのティールームに、ものの十分で現れた。

広いティールームを見渡してるいを探すまなざしは、少年のように透明で、いつもるいの額の右側に現れる行そのままだった。

ひざまずきそうになる心を立て直し、るいは厳しい口調で聞いた。

「単刀直入にうかがいます。次の本を他社でお書きになるというようなことはありませんよね」

行は素直に、

「それはありません」

と答えた。その瞬間、厳しい口調で話しかけたことをるいは悔やんだ。

「会社の方が忙しくて、なかなか山田さんと打ち合わせする時間がとれなかったものですから、すみません」

「安心いたしました」

「会いたかったです」

行は上半身を乗り出すようにして言った。

「明日から海外出張なので、その前にどうしても会いたいと思ってたんです」

行の言葉と声が肌に染み入るようで、るいは胸が熱くなったが、穏やかに行を見つめて聞いた。

「モンディアーレ証券の口座開設数は順調に増えています？」

「一日二千件か三千件くらいは増えています」

「そんなに。すごいじゃないですか」

「まだまだ足りません、もっと増やさないと。お陰様で本もベストセラーになってますし、テレビにも出してもらっているのに、会社の方がこの程度だとホントに焦ります」

「鈴木さんには出来るわ。金商法の改正も出来たんだし、あなたには描いた夢を現実にする力があるもの」

「ありがとうございます」

素直に行は頭を下げた。それからもう一度顔を上げ、「会いたかった」と今度は目で語りかけて来た。

私も会いたかったと言ったものかどうか、るいが迷っていると、ポケットの中の携帯がバイブレーションした。

「どうぞ」

気づいた行が、るいを促したので、

「すみません」

とるいは席を立った。電話は秘書からだ。

「中村るいの息子だという方が見えてるんですけど」

秘書が途方に暮れた声を出している。

秘書の言葉が終わるか終わらないうちに、

「自社ビル建てたんだ、スゲーじゃん。儲かってんだな、新海社」

という男の声がした。息子の亮《りょう》に間違いなかった。

会社には来るなと言ってあったのに、来たということは余程お金に困っているんだろう。

息子がるいに連絡して来るのは、金の無心をしたい時だけなのだから。

バツイチだということは社内にも公表していたが、子供がいるというのは社長以外には言っていなかった。

出来のいい息子なら隠す必要もなかったかもしれないが、自分の足で立つことも出来ない出来損ないの息子を、どのように説明したらいいのかわからないまま、結果的に隠していることになってしまった。

そんなところで見栄を張るのも情けないが、指先から耳たぶまで奇妙なタトゥーを入れ、小鼻にピアスをして、訳のわからないパンクバンドを仲間とやり、週末は浦和のクラブでDJをやっているという息子を見ると、本当にこれが私の産んだ子だろうかと、自分でもわからなくなる。浦和では結構人気があるんだと自分で言っているが、それも信じられない。

どんな命も尊い命であることに変わりはなく、息子の人生は息子のものだと思いつつも、母親として私は何をしていたのだろうかという思いは拭い去れなかった。

行ともっと話をしたいという思いを断ち切り、るいは新海社に飛んで帰った。

編集部を通過して、役員室に向かうるいを、いつもと違う緊張が包んでいた。誰もまともにるいを見ない。秘書の「お帰りなさいませ」という声だけが、編集部に響いた。

亮はもう帰っていなかったが、その代わりに大量のTシャツが、るいのデスクの上に積んであった。

「これを一枚三千円で買って欲しいとおっしゃって、置いてゆかれました」

秘書が言いにくそうに言った。

「まさか、あなたこれ、買わされたりしなかったでしょうね」

「大丈夫です、お断りしましたので」

「……ごめんなさいね……」

「そんな気弱な声、専務らしくないですよ」


その夜、社長の向井とるいは、ふたりがよく使う紀尾井町のレストランタクミで、夕食を取った。

向井は幼い頃の亮をよく知っている。父親代わりになって、よく動物園や遊園地に亮を連れて行ってくれたものだ。

「そりゃあ母親を困らせたいだけだよ」

「もう二十六にもなるのよ」

「いいじゃないか、よしよししてやれよ」

「よしよしするってどういうこと？　あのTシャツを全部買うってこと？　私が亮の年齢の時は、誰にも頼らずに生きていたのに。あの子は何やってんのかしら？」

「誰にも頼らずに生きていたというのは違うだろう？　るいはその頃、子育ては全面的にご両親に任せていたじゃないか」

るいは返す言葉がなかった。

「責めてるんじゃないよ」

「責めたじゃない、今」

「違うよ、もっと堂々としていなさいってことだよ。息子が会社に来ても焦ることはないだろう。るいが胸を張っていれば、息子も安心して落ち着くから」

「そうか……そうかもしれないわ……」

「やけに素直だな」

「ホントはかわいいのよ、私」

「自分で言うな」

向井とるいは、遠い昔から男女の壁を越えた同志だったし、るいにとって上司と言うより兄のような存在だった。兄と言うより姉だったかもしれない。男性とは話せないようなことも、向井には何でも話せた。

向井と別れ、自宅に戻ると、亮が家の前にだらしのない格好でしゃがんでいた。

鍵を渡すと、家の中のものを何でも売り飛ばすので、最近は自宅の鍵も取り上げていた。だからるいに会いたいと、亮はこうして家の前で待っている。しかるべき時間に電話してくればいいものを、いつもこうして家の前にしゃがんで待っているのだ。暇なんだな、と思うとまたもや腹が立った。

亮は会社に三十枚ほどのTシャツを置いていったが、更に大きな紙袋の中に沢山のTシャツを入れていた。

家に入れると、直行した冷蔵庫からビールを出して飲みながら、亮は早速Tシャツを買えと言い出した。

「会社に置いていった三十枚は引き取るわ、でもそれ以上はダメ。誰が着るのよ、こんなTシャツ」

「俺にだってファンはいるんだよ」

「一枚三千円だったっけ？」

「三十枚で九万円。キリが悪いから十万にするか。帰りのタクシー代もいるし」

「半額にしなさい。そしたら三十枚は買ってあげる。でもそれだけよ」

「ケチ、鬼のような母親だよな」

「R13って、どういう意味？」

Tシャツには「R13」というプリントがある。

「Rは亮のRだろ」

「13は？」

「意味ねえよ、15じゃ健康的過ぎるし、11とか12は優しすぎるだろ」

「こんなペラペラなTシャツなのに三千円も取るなんて」

「欲しい奴は一万円だって欲しいんだよ」

「今日は泊って行きなさい、いろいろ聞きたいこともあるから」

「出来ねえよ。女待ってっから」

「女の子と暮らしてるの？」

「まあね」

「今度連れていらっしゃい」

「会ってどうすんだよ」

「一緒に生きてゆく人がいるなら、亮にちゃんと地に足のついた生き方してもらいたいから」

「そういう女じゃねえよ」

チッと舌打ちしてから、亮はるいの財布からありったけの一万円札を抜き取り帰って行った。

ドッと疲れが出た気がして、るいはソファーに身を沈めた。

二十六歳の亮……。

二十八歳の行……。

たった二歳しか違わないのに、ふたりの社会的立場はあまりにも違う。

腹を痛めた息子をうとましく思い、息子とほとんど年の違わぬ行の面影を追いかけている私は何という女なんだろう。

もうこれ以上前に進んではいけない。

今日で終わりにしよう。

るいは床に置いたままになっているバッグの中から、携帯を取り出した。

それから三十分後、るいは昼間も来た六本木の行の会社の近くでタクシーを降りた。

遠くから走って来る人影がある。長身のその姿は一目で行だとわかった。

近くまで来ると行の息遣いが感じられた。急いで走って来たんだな、と思うと目の奥が熱くなった。

「出て来てくれてありがとう」

「どうしたんですか?」

「キスして。そして終わりにして」

るいの言葉が終わらぬうちに、行はるいを引き寄せた。それはレストランの前でかわした遠慮勝ちなキスとは違う力強い意志の感じられるものだった。

「終わりにするって、どういうこと？」

「私ね……夫と離婚した時、もう二度と男の人を頼りにしないと決めたの。愛とか恋とか、そういうものを私の人生から排除したの」

「この前もそう言ったけど、排除してないだろ」

「だから困るのよ。新海社がうまく行っているのだって、私が女としての人生を捨てて、全精力を仕事に傾けているからなの」

「そんな風に決めつけるのはおかしいよ」

「あなたは何でも欲しいものが手に入るエリートだから、私の気持ちはわからないかもしれないけれど、人生は多くを望んではならないのよ。今、あなたを手に入れたら、私の仕事はうまく行かなくなるわ。普通の奥さんが家庭の平安を失いたくないように、私も今の仕事を失いたくないの。あなたも三沢そうめんのお嬢さんを妻にして、その上、私も手に入れたら、きっと罰が当たるわ」

「そんなの中村さんらしくないよ。顰蹙は金を出してでも買え、薄氷は割ってから渡れって言ったじゃないか」

「仕事はね」

もう一度、行がるいを抱き寄せた。

「ダメ。さっきのキスがお別れよ」

「イヤだ、お別れなんて。出会ったばっかりじゃないか」

るいは首を横に激しく振った。目が回るほど、ずっと振り続けた。首を振り続けるるいを、行はそれでも力づくで抱きしめた。

「じゃあもうひとつ、私の秘密を話すわ」

動きを止めたるいが行を見据えた。

「夫と別れてから二十年、私、男の人を知らないの」

行の表情が変わった。

「ファーストバージンを失うのは、誰にでも普通に訪れることよ。でもセカンドバージンに陥った女が、そこを突破するのは簡単じゃないの。十七歳も年下のあなたを相手に、そんな冒険はしたくないの。もうこれ以上、恥をかかせないで。会えてうれしかったわ。出版については、引き続き山田が担当しますので」

るいは、行に背を向けて歩き出した。

ごめんなさい。

私のようなオバサンに興味を持ってくれて、本当にうれしかった。

でももうダメ……。苦し過ぎるわ。あなたの若さはまぶし過ぎる。

自宅までどうやって帰ったのか、あまりよく覚えていない。でも、自宅の玄関の鍵穴に鍵を差し込んだ時、これでよかった、これで楽になるという思いがわきあがった。

自宅に入り、冷蔵庫の中から昨日あけた白ワインを出して飲んだ。今夜は早く眠ってしまいたいと思ったからだ。

だがその時、携帯がなった。こういう時に眠らせてくれないのが会社なのだ、と思いつつ携帯を開くと秘書からだった。

余程のことがないと夜は携帯を鳴らさない秘書からだ。るいは何があったのだろうと緊張した。

「どうしたの？」

「社長が入院しました」

「え？」

レストランタクミで食事をした後、腹痛を訴えた向井は、そのまま救急車で入院し、虫垂炎の手術を受けたと言うではないか。

秘書の話では、向井の病状に心配はないが、明日の午後、社長が自らシンガポールで行うはずだった中国人映画監督、チェン・ファーレーへのインタビューをどうするかが問題だと言う。

新海社の男性誌の特集記事だったが、チェン・ファーレーのエージェントのガードが固く、社長自ら出向くということでオーケーを取ったので、向井が倒れたら、るいが行くしかないということだ。

「わかったわ、今から出張の仕度して病院に行くから、あなたはチェン・ファーレー監督の資料と、映画のDVDを持って来て」

電話を切ると、るいは海外出張の仕度を始めた。

病院に着くと、秘書が外科病棟のエレベーターの前で待っていた。

案内された病室のドアを開くと、ベッドの脇に男が座っている。誰だろう？　とるいは不思議に思ったが、よく見るとレストランタクミのオーナーシェフである児玉琢己《こだまたくみ》である。

向井は麻酔もさめ、気弱な顔でベッドに横たわっていた。

「盲腸って、子供がなる病気じゃないの？」

「年齢は関係ないよ」

それからるいは「ご迷惑かけました」と琢己に礼を言った。

「奥さんが旅行中らしいので、僕が付き添ってます」

琢己は言い訳のように言った。

「後は会社のものにやらせますので、ありがとうございました」

「いいんだよ、俺達はレストランタクミのお得意なんだから。それよりシンガポール、頼むな」

「はい。チェン・ファーレー監督のことは、これから勉強します。インタビューの際のタブーはないですよね」

「いや、それがあるんだ」

「え？　チェン・ファーレー監督が前の作品で中国から追放されたことは触れちゃいけないの？」

「それはダメだ。性的表現に関する質問もタブー。それがエージェントとの約束だから」

「わかりました。何とか代役つとめてみます」

「頼むよ」

向井はそこまで言うと、疲れたのか目を閉じた。

そのまままるいは成田空港に向かい、朝一番の飛行機でシンガポールに飛び立った。

成田から隣家の主婦にメールし、レタスの餌とトイレの始末を頼んだ。便利なペットシッターが見つかったことを、るいは天に感謝した。

午前中にシンガポールについたるいは、ラッフルズホテルにチェックインすると、午後からのインタビューに備えた。昨日の夜からずっとチェン・ファーレー監督作品を飛行機の中でも見続け、資料を読み続け一睡もしていない。

ラッフルズホテルのプールに向かって開けたカフェで、その日の午後から、チェン・ファーレー監督のインタビューが行われた。日中戦争下での日本人兵士と中国人女性との激しい愛憎を描いた作品でチェン・ファーレー監督は各国の映画賞を総なめにしたが、中国政府からは表現が過激過ぎるという理由で追放され、大胆な裸体をさらした主演女優は拘束された。国家や儒教的倫理観をはるかに越える性愛のパワーが、共産国家の秩序を乱すと考えられたからだろう。

監督のエージェントは、これ以上中国政府と摩擦を起こすことを恐れて、性的表現に関する質問を禁じて来たようだ。るいもそれを承知でインタビューに臨んだが、そこに触れないインタビューは意味がないと、時間が経つにつれて思い始めた。

「あなたは、不自由への挑戦をセックスのシーンで表現したかったのではないですか？　それはあなたの母国への挑戦でもあり、世界への挑戦でもあったのではないですか？」

るいが切り込むと、監督についていたエージェントが、いきなりインタビューを打ち切った。エージェントに促され、席を立つ監督の背中に、るいは言葉を投げかけた。

「なぜ逃げるんですか」

日本から連れて来た通訳もカメラマンも、現地で頼んだ照明マンも、編集部のスタッフも呆然としている。

「どうしましょうか」

誰かの声にるいはすかさず答えた。

「これで終わりにしたら監督の負けよ。このままでは終わらないわ、絶対に」

しかし、そうは言ったものの、この先どうしたものかとるいは思っていた。相手の出方を待とう。そう思って現地スタッフを解散し、あらゆる場合を想定して打ち合わせを済ませた後、るいが自室に戻った時は、もう夜になっていた。

部屋に入ると、テーブルの上にかわいいアレンジ花が置いてある。

このホテルはこういうサービスもするのかと思って近づくと、アレンジ花にメッセージカードがついていた。

「お疲れ様でした。鈴木行」

手書きの文字だ。

なぜ、あの人が……。

ここはシンガポールなのに……。

本当に彼が書いた文字なんだろうか、これは。うまい字でもないけれど、嫌な感じの字でもない。

疲れた頭でるいは、昨夜、行に会った時からのことをあれこれ思い返した。

その時、ドアのチャイムが鳴った。

「はい？」

ドアの向こうから、

「僕です」

という声がした。

「鈴木行です」

思い出した！　海外出張の前に会いたかったと言っていた。それがシンガポールだったのか。

私も二十時間ほど前に、突然向井の代役でシンガポールに来ることになったのだ。

「鈴木さんも、このホテルに泊ってるの？」

「はい。さっきテラスで誰かにインタビューされているのを見かけました。あの、下のバーで飲みませんか？」

ドアの前で、るいはのぞき穴から、廊下にいるであろう行の姿を見る勇気もなく、金縛りのようになってたたずんでいた。

「無理だったらいいです」

しばらくすると手帳を破ったような紙切れが、ドアの隙間から差し込まれた。「僕の部屋は201です」と書いてある。

足元の紙切れを拾うまで、どれだけの時間がかかっただろうか。

それからやっとるいはドアののぞき穴から外を見たが、そこにもう行の姿はなかった。

突然、寂しさがこみ上げ、るいはドアを開けた。

誰もいない長い廊下が続いている。

昨夜、意を決して「これで終わりだ」と告げたのに、今日、シンガポールで出会ってしまうなんて。

気がつくと、るいは一階のバーの入り口に立っていた。

バーはすいており、長いカウンターの端に座っている行の背中は、すぐ目に留まった。

昨夜、あの人の背中に手を回した。その時の彼の匂い、彼の息づかいが一気に蘇って、ますまするいは混乱した。

私はどうしたいのか？　まだその答えが見つからないまま、るいは行に近づき、隣の席にスルリと座った。

「人生には不思議なことが起きるものね。ウォッカ・アンド・ソーダ」

落ち着いた声で、お酒も注文した。

「僕もさっき、中村さんをテラスで見た時、そう思いました。向こうに川がキラキラ輝いていて、カメラマンがいて、映画のワンシーンみたいでした。何で僕がここにいるのかなって思ったくらい……」

「縁があるわね、私達……」

「これまで僕は、目標達成のために生きるのが好きって言うか……それしか必死になったことがなかったんです。女の子ともそれなりにつきあいましたけど、大学の時、金融ビッグバンを経験して、金融の仕事を生涯の仕事にしようと決めてからは、それより面白いことはなくなりました。だから、初めてなんです。女の人を心から好きだと思ったの……怖いですよ、僕だって。経験のないことに直面してますから。中村さんが二十年ぶりであることを恐れるなら、僕だって同じです」

「さすがね、こんな時も理路整然と説明が出来て」

「説明じゃありません。本当のことを言っているんです」

なぜこんな意地の悪い言葉を吐いてしまったんだろう、とるいは後悔した。彼が素直に心情を語っていることはわかっていたのに……。

「でももし、ここで私がうんと言ったら、私達がもし、愛し合うようなことになったら……あなたの結婚生活はどうなるわけ？」

るいはますます行を追い詰めた。

「本当って何？　本当に好きだって、どういうこと？　そこまで考えてないでしょう？　恐れを知らない若さは、それだけで美しいわ。でも私はあなたのそんな若さに振り回されない。昨夜も言ったでしょ。あなたの前で服を脱ぐことはないから、私……。結婚生活と恋愛を器用に使い分ける人も好きじゃないから。十七歳も年下の男の、都合のいい女になるなんて、私の誇りが許さないから」

行は反論したそうな表情をしたが、何も言い出さなかった。

グラスがるいの前に置かれた。

一口飲むと、注文したウォッカ・アンド・ソーダではないことがわかる。

「これ違うわ、ウォッカじゃない」

行がバーテンを呼ぶために手を上げた。

「いいわ、私の発音が悪かったんだから。これ飲んで」

グラスを行の前に置いて、るいは席を立った。

「お花、ありがとね」

ずっと行の隣に座っていたかったのに、体は心に反して立ち上がっていた。

るいが部屋に戻ると、電話のメッセージランプが点滅している。

受話器を取ってメッセージを再生すると、昼間決裂したチェン・ファーレー監督からだった。

「昼間はすまなかった、これから会えないだろうか。もしその気があったら、電話をくれ」

監督と英語でどこまで話せるか不安はあったが、通訳を伴わずひとりで行った方がいいとるいは判断した。

監督が指定したオーチャードロードの高層ビルの上にあるバーは、クラシカルなラッフルズホテルとは正反対の宇宙的な空間だった。

夜景を見下ろす窓際の席で、監督はひとりで待っていた。

「よく来てくれた。昼間はすまなかったね。メディアにはひどい目にあって来たので、つい神経質になってしまって……。何を飲む？」

インタビューの席を立った時とは別人のように紳士的な対応だった。るいはさっきと同じウォッカ・アンド・ソーダを注文した。

「あなたが言った〝不自由への挑戦〟という言葉がひっかかってね」

監督はゆっくりとした英語で、静かに語り始めた。

「セックスは不自由の象徴のようなものだ。人間はみな不器用だし、セックスはみじめで情けない。だからこそ切ないんだ」

るいは心からうなずいた。

「人間を描くのに性的表現は不可欠だと思う。だからこれからも挑戦するよ。たとえ母国にいられなくなったとしても」

「期待しています」

世界中のどんなメディアのインタビューにも、頑なに語らなかったチェン・ファーレー監督の祖国への思いを聞き取ったるいは、社長の代役を見事に果たした。しかし、そのような勝利の感覚は湧いてこなかった。

それから監督は思いがけないことを言った。

「君のように戦うよ。だから君も負けないでくれ、私も決して負けないから」

どういう意味だろうと、るいは考えた。

「不自由でも、真実を見つめて生きて行こう」

監督はるいの目を見つめて、グラスを上げた。るいもグラスを取って答えた。

「ええ。私もそうしたいと思います」

ふたりはお互いの運命を励ましあうように乾杯をした。

ホテルのロビーに戻ったのは、もう夜中の一時を過ぎていた。

フロントで自室の鍵を受け取ってから、るいは自分の部屋に向かって歩き出したが、途中で方向を変えた。

チェン・ファーレー監督が言ったように、不自由でも真実を見つめてみたいと思ったからだ。

バッグから小さな紙切れを出して、るいは行の部屋の番号を確かめ、広い廊下を歩いて行った。

201号室の前に立ったるいは、大きく深呼吸してチャイムを押した。

だが、部屋の中から返答はない。もう眠ってしまったのだろうか。

もう一度るいはチャイムを押した。やはり反応はない。

縁があると思ったのは錯覚だったのか。あんなに好きだと言ったくせに、今、自分に答えないなんて、何て間抜けな男なんだろう。それを確かめるために、この部屋のチャイムを押したなんて、私も何てバカなんだろう。

諦めて踝《きびす》を返したるいは、息を飲んで立ち竦《すく》んだ。

振り返ったるいの前に、行が立っていたからだ。

ふたりは次の瞬間、どちらからともなく一歩踏み出し抱き合った。

長かった今日一日と、すれ違い続けた心をやっと手に入れたように、ふたりは互いに力一杯抱きしめ合った。

3

るいは二十年ぶりに男と肌を触れ合った。

こんなことが自分の人生に起きるとは思ってもいなかった。その驚きの中で、るいは遠い昔に置き忘れたものを、ひとつひとつ思い出すように、恐る恐る体を開いて行った。

「ゆっくりね……」

るいの不安を取りのぞくように、行が何度も耳元でささやいた。

体の準備が整わず、ひとつになることが出来なかったらどうしようというるいの杞憂は、行の腕の中で次第に遠くなって行ったが、快感は得られなかった。行の思いやりに感謝しながらも、まだ許し合いきれていないという違和感が、体の中に残っている。こういう違和感は回を重ねて解消してゆくものなのだ。

しかし、長い人生で感じたことのない充足感がるいの全身にあふれた。許し合ったというやさしさと、お互いに同じ重さで求め合っているというしあわせに鳥肌が立った。

あんなに抵抗のあった十七歳の年齢差も、まったく感じない。臆病なるいに比べ、行の方が大人にさえ感じられる。

人生には不思議なことが起こるものね。とバーで行に言ったのは何時間前だろうか。本当に人生は不可解だ。

これから私達はどうなってゆくんだろう。慣れ親しむまで幾度も彼に抱かれたい。だが、そんなこと許されるんだろうか。彼を愛し過ぎたら、自分の軸がゆらいでしまわないだろうか。

明け方、行の寝息を感じながら、るいはこの先のことを考えていた。

翌日、シンガポールをよく知っている行の案内で、イースト・コーストの植民地時代の面影を残す町並みや建築物を見て歩いた。それからリバーサイドでランチを取り、中華街にも出向いた。

赤い瓦屋根の続くチャイナタウンの一角で、「盲目の手相見。日本語ＯＫ」という看板を見つけ、るいが立ち止まった。

「目が見えないのに、どうやって手相見るのかしら」

「うさんくさいな」

行は笑って相手にしないが、るいはこの占い師に興味を引かれた。

「見てもらおう、面白そうじゃない」

「いいよ」

「じゃ私だけでも見てもらう」

るいが先に建物に入って行くと、行も仕方なくついて来た。

占い師は八十歳くらいの老人で、両目は何かでえぐられたようにつぶれている。その恐ろしい面相に、ふたりは一瞬たじろいた。

「ニッポンジンですか？　女の人、右手、男の人、左手、ここに出す。どうぞ」

見た目とは違う愛想のいい流暢《りゅうちょう》な日本語で、ふたりはちょっとホッとした。年齢から考えて、老人の日本語は占領時代に覚えたものだろう。

老人は、るいと行の手の平を人差し指と中指で何度もさするように触った。

行は、そんなことで何がわかるんだ、というように白けた顔で老人を眺めている。

「あなたの人生、とてもいい。あなた、三年後に社長になるね」

老人はるいに言ってから、もう一度行の手の平を触って、暗い顔になった。

「あなた、日本を出ること、いけない」

すかさずるいが聞いた。

「今、出てるけど」

「今はいい。これから先、いけない」

「それはどうして？」

「わからない。わかること、あなた日本にいづらくなる。海を渡る。命短くなる」

「何それ……」

老人はすまなそうな顔をしながらも続けた。

「これ、本当。あなた日本出る、ふたり別れる、あの世とこの世。だから日本出ることいけない。わかったか」

あまりに不吉な老人の話に、るいも言葉を失った。外に出てから、

「日本の占い師は悪いことは言わないけど、こっちは文化が違うのね」

と気を使って語りかけると、行は笑顔で答えた。

「平気だよ。あんな占い、僕にだって出来るもん。適当な話作ればいいんだから。ふたり別れる、あの世とこの世って、人間はいつか必ずあの世とこの世に別れるんだよ」

「そうよね」

夜、シンガポールを発つ飛行機のビジネスクラスは空いており、るいと行は毛布の下で何度も手を握り合って、お互いの気持ちを伝え合った。

だが、るいは昨夜から考え続けていたことに、結論を出し始めていた。

この人には妻がいる。長崎の財閥、三沢そうめんの娘だ。モンディアーレ証券の設立に関しても、きっと妻の実家が資金援助しているだろう。こういう関係はややこしい。

このまま行との関係を続けても、苦しくなるのは私の方だ。

彼にとっては適度な刺激になるだろうが、私は必ず辛くなる。

彼を独り占めしたくなる。

そうなって心乱れるのは哀し過ぎる。

昨夜のことは一夜の夢だと思おう。

ひとりで踏ん張って生きて来た私への、神様のちょっとしたご褒美だったと思おう。

彼との甘美な時間は空の上で終わろう。

日本に戻ったら、いつもの私に戻ろう。

るいは自分に言い聞かせながら、行の長い指に自分の指を絡ませた。

朝、成田に着いてから、行は何度もるいに確かめるように聞いた。

「また会えるよね」

るいはその度に、穏やかな表情でうなずいたが、心は違う決意をしていた。

行は成田に置いてあった彼の車でモンディアーレ証券に出社して行った。

るいもそのまま向井の入院先を訪ね、チェン・ファーレー監督のインタビューのことを報告し、それから新海社に向かった。仕事に没頭してさえいれば、きっと立ち直れる。きっと昨夜のことは、一瞬の幻だったんだと思えるようになる。

会社からレタスの世話を頼んでいる隣家のペットシッターに電話し、今夜も帰りが遅くなることを告げ、二日間のお礼を言った。

留守をしていた二日分の仕事をこなし、るいが自宅に戻ったのは夜も遅くなってからだった。

すると自宅の前に、亮がいつものようにしゃがんでいた。

今夜は疲れているのに、こういう日に限ってやって来る亮を、るいは我が子なのにうとましく感じた。私には母性が欠落しているのだ。

「これ、俺の女」

亮の傍で小さくなっている女性が、

「愛子です、よろしくぅ」

と、小首を傾げた。

「女がいるなら連れて来いって言っただろ」

愛子と名乗る女性は、どう見てもるいに近い年齢だ。亮の恋人には見えない。

「ヤダ、お母さん、驚いてるじゃん、やっぱ」

キャハハ〜と品の悪い笑い声を発して、愛子は亮の胸を両手で叩いた。

「亮の母です、はじめまして」

愛子というその女性は、小枝のような華奢な体つきで、引きずるような長いスカートをひらひらさせ、身をゆすっている。

亮と一緒に家に入って来ると、まるで自分の家のように台所に立ち、簡単なつまみを手早く作った。

図々しいが手際のよい料理で、るいは何と言ったらいいか迷っていた。

「こいつ、スナックやってっから、つまみ作るの慣れてんだよ」

亮が自慢げに言うのに対し、

「あなた、彼女のヒモなの？」

とるいは厳しい質問を投げかけた。

「ヒモって言うよか、癒しグッズかな。お袋にとってのレタスみたいなもんさ」

亮の話によれば、愛子はかつて人気のあった横須賀ピストルズというパンクバンドのボーカルだったそうだ。

「俺がパロスガレージに通ってた頃、横須賀ピストルズのアイコさんって言ったら、誰も近づけない存在だったんだから。俺的には夢のような展開な訳よ」

いつも無愛想な亮が、愛子という女性と一緒だと饒舌になっている。

亮は携帯サイトで、横須賀ピストルズ時代の愛子の画像を呼び出してるいの前に差し出した。

携帯の小さな画面には、天上に向かって逆立てた髪の毛を金と緑に染め、体中に鎖を巻きつけた恐ろしい姿の女の姿があったが、どんなに見つめても、それが今、キッチンで料理をしている愛子とは結びつかない。

呆然としているるいを見て、亮はうれしそうにククッと肩を震わせて笑っている。

「いろんな女とつきあったけど、俺、こいつがカコイチ好きだから」

「あたしもカコイチ！」

「なあに、カコイチって」

「過去一番好きだってことだよ」

昨夜愛し合った行と私も、目の前の亮と愛子のような年齢差だ。

愛子の作ったつまみを口に運びながら、るいは奇妙な気分になった。

「亮ママ、男いないの？」

愛子が聞いた。亮ママという言い方が気に食わないと思ったが黙っていた。

「いません」

「いるんだ」

「いませんってば」

「いるって顔してるけど」

「そんなこと何でわかんだよ」

亮が口をはさんだ。

「亮よか十五年も長く生きてるから、あたしにはわかるんだ。ママには男がいるよ、絶対」

「愛子さん、十五歳も大人なら、この子を甘やかさないでね。経済的にもフィフティー・フィフティーでないと、大人の関係とは言えないから」

るいは話題を変えた。

「そうかな？　お金なんか、どっちが稼いだっていいんじゃないの？」

「あなたはそれで平気なの？」

「平気だよ、亮だって、いろいろしてくれるし……」

ふふふふふと意味ありげな笑い方をして、愛子が亮にしなだれかかった。

「男と女は対等でないと長続きしないんじゃないかしら」

「長続きしなくたっていいじゃん。イヤになったら別れれば」

「そうだよ、お袋だって離婚してんじゃねえか」

「そうだよね〜」

亮と愛子の丁々発止のやりとりを聞きながら、自分とは遠い価値観で生きているふたりだけれど、相性はよさそうだな……とるいは思った。

万理江は隣家の猫のレタスに餌をやりながら、いつも思う。

レタスと私はよく似ている。いつもご主人様に置き去りにされているところがそっくりだ。大事にされているような、見捨てられているような……よくわからない状況。

「レタ君、レタ君はそれでいいの？　イヤでもイヤって言えないもんね、レタ君は猫だから。でもマリは言えるのよ。でも言った方がいいかどうかわかんないの」

とりとめのないことを、万理江はよくレタスに語りかけた。

夫は今朝、シンガポールから戻っているはずだが、そのまま会社に出て、帰って来たのは十一時過ぎだった。

ベッドの中で甘えたら、疲れているからと背を向けた。

自分から求めないけれど、私が求めれば拒否しなかった行に拒まれて、万理江は衝撃を受けた。

「今週、不妊外来に一緒に行って。何で私達に子供が出来ないか、行クンも診察しないとわからないじゃない」

「今週は忙しいよ」

背を向けたまま、行が答えた時、万理江の感情は爆裂した。

これまでの不満、これまでの寂しさが、自分でもどうしていいかわからない勢いで、吹き上げて来た。

万理江はベッドサイドの目覚まし時計を力一杯、床に投げつけた。

大きな音がして、時計が壊れるのがわかった。

驚いた行が振り返った。

今頃振り返ったって遅いのよ。

「わかんない、ぜんぜんわかんない、何で行クンはそうなの？　私達は夫婦じゃないの？　子供がいなきゃ、私、行クンと結婚した気がしない！　愛されてるって思えない！　行クンがエッチなこと得意じゃないのは知ってるけど、でも、子供のことは別よ。愛してたら、私に子供産んで欲しいって思うはずだもん！　赤ちゃんの顔見たいって思うはずだもん！　それなのに何で私が毎回お願いしないとならないの？　何でよ、何でよ、何でよ！」

万理江は叫びながら、寝室にあるものを手当たり次第、行に投げつけた。

行は途方に暮れた目で、万理江を見つめている。

「どうしたんだよ、突然」

「突然じゃない。前から思ってたことよ！　行クンは何で病院に行ってくれないの？」

「忙しいからなかなか行けないだけだろ」

「ウソ！　行く気ないくせに！」

「そんなことないよ」

まだ行は逃げている。万理江は行の枕元にある携帯をつかんだ。

「よせ」

行は素早く万理江を押さえつけ、携帯を取り上げた。

「マリより携帯が大事なの？　病院に行ってくれなかったら、私死ぬから。死んでもいいの？　行クンは私が死んでもいいのね」

「いいわけないだろ」

「だって平気な顔してるじゃん」

「平気じゃないよ、困ってんだよ」

「何で困るのよ。子供作ればいいじゃない。不妊治療外来に行けばいいじゃない。何で黙ってんのよ！　あ、そうだ、お隣さんに行クン説得してもらおう」

万理江はパジャマのまま、寝室から出て行った。

亮と愛子が泊って行くと言うので、るいは納戸から布団を出して来るように亮に命じた。

すると、玄関のチャイムが鳴った。

もう十二時だというのに、誰だろうとるいと亮と愛子は顔を見合わせた。

「彼氏じゃないの？」

愛子がうれしそうに肩をすくめている。その時、外から、

「中村さ〜ん」

という女の声がした。

「誰かしら？」

るいが玄関に出て行くと、パジャマ姿の万理江が立っているではないか。

万理江は泣いているようだ。泣きじゃくるように肩を上下させている。

驚いてドアを開けると、万理江がるいに抱きついて来た。

「中村さん、お願いがあるの」

「どうしたの？」

「主人に不妊外来に行くように言って！　お願い」

愛子と亮、それにレタスが、リビングから玄関をのぞいている。

「この前、私の相談に乗ってくれるって言ってくれるって言ったでしょ。力になってくれるって言ったでしょ」

「そうだったかしら？　でもまあ、どうぞ。そんな格好じゃ」

るいがパジャマ姿の万理江を外に立たせておくことはできないと思って、中に招きいれようとした時、隣家の玄関から背の高い男が飛び出して来た。

「すみません、夜分に」

それは、行だった。

万理江の手を引いて、引き戻そうとした行とるいの目が合った。

隣家の万理江の夫が行であると知った瞬間、るいは咽《のど》に焼け火箸を突っ込まれたような感じがした。

恐らく行も同じ思いだっただろう。

万理江を間にして、るいと行は黙ったまま、立ち竦んでいた。

ふたりを交互に何度も万理江が見ている。

長い緊張の後、るいがついに言葉を発した。

「鈴木さんのお宅って、東山じゃなかったんですか？」

「東山は金融庁の官舎でした」

万理江がまだ不思議そうな目をしている。

「新海社の専務さんだよ、僕の本を出して下さった」

「中村さんって、新海社の専務さんなの？　知り合いならよかった。話が早いじゃない。中村さん、主人がなぜ不妊治療に積極的になれないのか聞いて下さい。お隣さんなんだし、レタス君のお世話だってしてるんですから」

万理江の言葉が終わらないうちに、行は万理江の腕を力ずくで引っ張った。

「またにしよう。こんな夜中に、ご近所にも迷惑だ」

「イヤだ～！　助けて、中村さ～ん！」

深夜の住宅街に万理江の声が響き渡っている。

「申し訳ありませんでした」

行はるいに謝ると、暴れる万理江を無理矢理自宅に引きずって行った。

家に入ってもまだ、万理江の叫び声は続いている。

先月隣家に引っ越して来たのが、鈴木行だったなんて……。

あの舌ったらずな若妻が、彼の妻だったなんて……。

亮と愛子が出て来て、呆然とドアノブをつかんだまま、動けずにいるるいに言った。

「お袋って近所づきあい苦手だと思ってたけど、そうでもないのな」

「やっぱ帰ろう、ママ、疲れてるみたいだからさ」

愛子が気をきかせて、しぶる亮を連れて帰った。愛子には、何か微妙な事情が隣家とあることがわかったのかもしれない。

るいは、その夜、着替えもせず、風呂にも入らず、ソファーに座ったまま過ごした。

シンガポールでの行と、今隣家にいるであろう行が同じ人物だということを、心がなかなか理解しない。

東京に戻ったら、すべてをゼロに戻そうと思っていたはずなのに、行があの甘ったれな妻と、隣家の寝室で、今この瞬間も並んで寝ているのだと思うと、息が苦しくなる。

このあまりにも残酷な状況を、るいは何時間たっても許容できなかった。

なぜこんな目にあうのか。なぜ今まで気づかなかったのか。もっと早く気づいていれば、ここまで深入りはしなかっただろう。なぜシンガポールであの人に抱かれた後に、こんなことがわかるんだろう。なぜ行は隣家になんか引っ越して来たんだろう。なぜ行は結婚しているんだろう。なぜあの人は私を愛したんだろう。なぜ私を抱いたんだろう。なぜなぜなぜ……。

これは私に与えられた試練なんだろうか。何の宗教も信じてはいないが、るいは今、人智を超えた大いなる力に、罰を与えられているような気がしてならなかった。

朝、出勤してゆく時、るいは行の家の前を走り抜けた。見慣れた隣家の風景なのに、テラスの白い椅子とテーブルや、出窓にかかっているピンクのカーテンが、誇り高い自分の心をいたぶっているように感じる。

るいは足早に駅に向かった。

駅近くまで来た時、ポケットの中の携帯がバイブレーションした。行からであることは直感的にわかった。

『昨日はすみませんでした。話したいです。どこにでも行きます。今日の予定はどうなってますか』

駅のホームで、るいは返信を打った。

『忘れましょう、もう無理』

会社につくとるいは戦闘的な気分で仕事をこなした。

担当の小説家の新聞小説を単行本化する権利を、他社に奪われた部下をコテンパンに叱り、文庫フェアーのポスターについても斬新な意見を出し、デザイナーを唸らせた。

火事場のバカ力のごとく、るいの頭に様々なアイデアが浮かんで来る。私は逆境に強いのだ、と自分で自分を励ました。

午後から入院中の社長にも会いに行き、会社に戻ると、秘書が「鈴木行さんの奥様がお見えなんですけど、どうします？」と困った顔で尋ねて来た。

「アポなしで突然見えたんです。何か切羽詰った顔で気持ち悪いんですけど」

まさかシンガポールのことを知ったというわけではないだろう。知ったら知ったでそれでもいい。いけないことをしているとは、るいには思えなかったからだ。

行とのことは、いいとか悪いとかそういう観念を超えたどうにもならない想いだったのだから。惹かれあう気持ちを、あの時押し殺すことが、私にも行にも出来なかった。それほど私達はやむなき想いで抱き合った。でも、その真実を一生の支えにしようとは思っていない。誰にも迷惑はかけない。万里江に何を言われても恥じるところはない。

「会うわ。五分たったら、呼びに来て」

秘書に命じて応接間のドアを開けると、万理江が出されたお菓子を美味しそうに食べているところだった。

るいを見ると、万里江はお菓子を急いで飲み込み、ソファーから立ちあがった。

「昨夜はすみませんでした」

「お隣さんが鈴木さんご夫妻だったなんて、驚きました」

「鈴木と中村って、すごく多い苗字なんで、私もぜんぜん……」

「今日は何か？　もうすぐ会議がありますので時間がないんですが」

「昨日、主人のこと初めて見て、どう思われました？　おかしいと思いませんでした？」

万理江の意図がわからず、るいは戸惑った。

「主人、病気だと思いません？」

「病気？」

「だって……あの時、体位も変えないんです。お願い、中村さん、助けて下さい。主人に私のどこがいけないのか聞いて下さい。どうしたら主人は私との間に子供を作る気になってくれるのか、中村さんから聞いて欲しいんです」

「そういうことは、私が出てゆく問題ではないと思いますけれど」

万理江には猫のレタスのことで世話にはなっているが、こんな非常識な女だとは知らなかった。こんな女を妻にしている行の気持ちも理解不能である。

「主人は新海社でベストセラーを出してるんですよね。中村さんも、主人のお陰でいい思いもなさっているんですよね。第二弾の本だって、もうすぐ出来るんでしょう？　またベストセラーになったら、新海社はますます儲かりますよね。だったらもうちょっと私達のこと、大事にしてくれてもいいんじゃないでしょうか」

「鈴木さんには感謝しております。でも仕事とプライベートは違いますから」

「意地悪！」

万理江は鼻の頭に汗をうかべ、憤懣《ふんまん》やるかたないという様子で、るいを睨んでいた。

その時、秘書がドアをノックして顔を出した。

「専務、役員会のお時間です」

五分で切り上げると決めておいて正解だった。

廊下に出ると、秘書が呆れた顔で言った。

「鈴木さんの奥さんって、もっと聡明な感じの人だと想像してました。ちょっとショック」

「優れた男の妻はおおむね不出来よ。悪妻は男を育てるとも言うから、あれはあれでいいんじゃないの？」

秘書は納得していたが、心にもないことを言った自分がやりきれない。

体位を変えずに妻を抱く行。でも抱くには抱くんだ……。そう思うと、また咽のあたりに苦いものがつまったような感覚になった。

その夜、駅の改札を出ると、行が立っていた。

るいは行の前を黙って通過しようと思ったが出来なかった。

行も仕事で疲れているだろう。それなのに何時からここに立っていたのだろう。そう思うと、急に行がいとしく思えた。

ふたりは自宅に向かうのとは反対方向に歩き出した。

「もう諦めよう……それしかないわよ」

無言でいることに耐えられなくなって、るいが言った。

「諦めたくありません。だからるいさんも諦めないで下さい」

「世の中には、どうにもならないこともあるのよ」

「どうにかする人もいます」

「でも……私の好きな人は、隣の家で奥さんと並んで寝てて、その奥さんが会社に来て、子供を作ることに協力して欲しいって、私に言うのよ」

「会社に行ったんですか！　すみません」

「謝らないで！　あなたに謝られるとみじめでイヤ。あなたが悪いわけでもなく、私が悪いわけでもないわ。ただ、どうにもならないことなのよ」

「どうにかします」

「どうにかするって、さっきから言ってるけど、どうするの？」

「妻とは離婚します」

思いがけない行の発言だった。

十七歳も年上の私のために、この人は妻と別れると言った。こんな風に発展するなんて、シンガポールにいた時でさえ想像もしなかったことだった。この人は本気で言っているんだろうか。

「これから帰って万理江に話します」

るいは返事に困った。

自分の年齢を考えれば、「そうして」と言うのも図々しい。そうかといって、「そんなことしなくていい」とも言えなかった。

「万理江には悪いと思います。だけど僕が好きなのはるいさんなんです。そのことがこんなにはっきりわかっているのに、このまま、万理江と暮らしてゆくことは出来ません。このまま流されて行っても、誰もしあわせになれないと思うんです」

それはそうかもしれないが、あの万理江が簡単に納得するとは思えない。

「時間はかかるかもしれませんが、僕を信じて下さい。諦めないで下さい」

行は、向きを変えて自宅の方に歩き出した。

その後姿を見送りながら、るいは思った。

あの人の言葉に嘘はないだろう。でもどう考えても、ことが簡単に運ぶとは思えない。万理江だけじゃない。万理江の実家だって黙ってはいないだろう。

世間知らずで甘ったれの万理江を絶望の淵に落とすことに抵抗はある。しかし同情も欺瞞《ぎまん》だ。

万理江より私の方が彼の人生を豊かに出来る。辛いこともあったけど、四十五年生きて来た意味はあった。思いのままに生きていい。今こそその時だ。

「僕を信じて下さい」という行の声が、るいの全身に幾度も響き渡った。

4

昨夜のことを詫びるつもりで、万理江は夫の大好きな酢豚を作った。面倒な料理だが、これを作って行のご機嫌を取りたかったからだ。

行が玄関を入って来た時、酢豚のいい匂いが玄関に満ちているように、キッチンのドアも開けた。

今朝、出勤してゆく時も口をきいてくれなかったけれど、今夜もまだご機嫌が悪いだろうか。そう思うと、万理江はちょっとやりきれない気分になった。

「お帰りなさい。今日ね、酢豚作ったの。酢豚覚えてる？　新婚旅行から帰って、マリが最初に作ったのも酢豚だよ」

そんな話でもしたら、行の気持ちがなごむだろうか、と万理江はいろいろな会話を考えていたが、帰宅した夫は厳しい表情を崩さず、リビングに入って鞄を置くと、突然、離婚したいと言い出した。

昨夜のことは私が悪かったと思っているけれど、何で別れなければいけないのかと冷静に聞き返した。本当は泣き叫びたかったのだがグッと堪えた。

すると夫は言った。君は僕を愛していると言うより、東大、金融庁という肩書きが気に入って僕を選んだのではないのか。僕も、君はとてもかわいいし、いい縁だと思って結婚したけれど、暮らしてみると何かが違う気がした。それが何なのか、この二年ずっと考えていたが、うまく言葉にはならない。

それでも、君が子供が欲しいと言い出した時、君なりに僕との接点を求めていると感じた。だから何とか応えたいと思って精一杯努力をした。子供が出来れば、僕らの新しい時代が来るかもしれないと思ったからだ。でも努力すればするほど、本当に君との間に子供を作り、その子をふたりで育てて行きたいのかどうか、それが僕の望んでいる人生なのかどうか、わからなくなった。

君に落ち度はないので、こんなことを言い出すのは心苦しいが、このまま結婚生活を続けてゆくのは苦しい。出直すなら早い方がいいと思わないか。これから先はそれぞれの道を行こう。それがお互いのためだと思う。

彼の長い理屈を聞いていたけど、何が何だかぜんぜんわからなかった。

昨夜のことは悪かったけれど、離婚されるようなことはしていない。

そう思った途端、万理江は心の均衡を失って、気がついたらサイドボードの上の時計を投げつけていた。一輪挿しも、積んである雑誌も、写真立ても、薬のビンも、テレビのリモコンも、何もかもを行に向かって投げつけていた。

「私がバカだから、嫌いになったのね」

「そうじゃないよ」

「バカなの、私のせいじゃないもん。バカに生まれたくて生まれて来たんじゃないもん」

「やめろ！」

行が万理江の両腕をつかんだ。

「マリは僕に興味がないだろ。僕の考えていることにも、僕の仕事にも」

「だってわかんないもん、行クンのお仕事むずかしくて」

「知ろうとも思わないだろ」

「知ろうとしたってわかんないもん」

「普通なら興味持つと思うんだよ、一緒に生きてゆくなら」

「だったら教えてくれればいいじゃない。バカな私にもわかるように」

「自分のことバカバカって言うなよ」

「だってバカなんだもん」

「子供がいないと一人前じゃないみたいな考え方も違うと思うんだよ」

「行クンだってエッチしたじゃない、毎月」

「それ、もう無理だと思うんだ……」

「どうして突然無理になったの」

「だから突然じゃないって言っただろ。二年の間ずっと考えていたことなんだよ。一緒にいる意味があるのかどうか」

「私はある、一緒にいる意味ある。だって愛してるもん、行クンのこと」

「愛してるってどういうこと？」

「愛してるから愛してるのよ！」

本当に行の話は、なぜいつもこんな風に理屈っぽいんだろう。愛してるって、どういうこと？　ってそんなこと聞かなくたってわかってるじゃない、私を見てたら。でもなぜか行に反論されると言い返しても言い返してもむなしくなってやりきれない。

万理江は行のスーツの襟を両手でつかみ、ジャケットのうちポケットから携帯を取り出した。

「やめろよ」

「暗証番号何番？」

「暗証番号は人に言わないから、暗証番号なんだろ」

「見られたら困るメールあるの？」

「ないよそんなもん」

「じゃあ何番？　何番？　何番？　何番？　何で言えないの？　教えてくれないなら死ぬ。裏切られて離婚するくらいなら死んじゃった方がいいもん」

万理江は行の携帯をしばらくいじっていたが、突然思いっきり壁に向かって投げつけた。開いたまま壁に当たった携帯は、壁に大きなくぼみを作った。

行は慌てて携帯を拾いに行った。画面が真っ黒になっておりスイッチが入らないので、焦っている。

「携帯なんか壊れたっていいじゃない。ふたりの生活が壊れるのに比べたら、携帯なんか何よ！　死んでもいいのね、わたしより携帯が大事なのね」

万理江はキッチンに走り込むと、流しの下の開きから包丁を取り出した。

「わたしが死んだらすっきりする？」

包丁を振りかざすように持っている万理江を見て、行は息を飲んだ。

「私が死ぬのがイヤだったら一緒にいて。一緒にいる？　ずっと死ぬまで一緒にいる？」

言葉を失っている行に見せつけるように、万理江は左手首を包丁で切りつけた。

「死んでもいいのね！」

実家の母から送られたばかりの切れ味のいい包丁は、さらりと手首に触れただけで、万理江の白い皮膚を切った。痛いという感じよりひんやりした感じがして、その後、とてもあたたかい血が手首からあふれ、指を伝って流れて行った。

行がネクタイをはずして、私の腕を止血している。どんな時も焦らない頭のいい人だ。

これで行はしばらく私の傍にいてくれる。行に車に乗せられ、ホッとした途端、万理江は目の前が真っ暗になった。


るいは隣家から車が出て行く音を聞いた。

窓から確認してみたが、駐車場に行の車はない。

隣家の部屋には明かりがついている。

万理江を残して、あの人は家を出たんだろうか。

「何とかする」と言った彼のさっきの言葉は本当だったのだ。

そうだとしたら、私もこの家を引っ越そう。

万理江は私と行のことを知らない。知られない前にこの家を出よう。隣家にいれば、またあれこれ万理江に相談されるかもしれない。知らんふりをすることは、あまりにも彼女に対して失礼だろう。

この家を出て、ふたりでどこかに家を借りよう。

レタスは行になつくだろうか。

あの人が本当に私だけのものになっても、十七歳の年齢差は、私をいつか惨めにしないだろうか。私が六十歳の時、彼はまだ四十三歳だ。

それでもシンガポールでふたりで過ごした時間は、何の違和感もなかった。

やっぱり踏み出そう。あの人が家を出たなら、私も決意しよう。

新しい人生を生きてみよう。


万理江は行が運転する車の助手席で目をさました。

「病院行くのイヤ。いろいろ聞かれるのイヤ。もう血止まったから、お家《うち》帰る」

「傷、縫った方がいいかもしれないから、一応診てもらおうよ」

「いい、帰る。お医者さんに手首切るような不幸な女だと思われたくないもん。行クンだって、テレビ出てるんだから、奥さんが手首切ったなんて言われら困るでしょ」

「だったら、そんなことするなよ」

「行クンが悪いのよ。さっきみたいなこと言ったら、またやるから。でも今日は帰ろう。帰って仲良くしよう」

万理江がハンドルをつかんで泣くので、行は仕方なく車をUターンさせた。

その夜、万理江はベッドの中で行の手に指を絡め、朝まで離さなかった。この手を離したら、私は死んでしまうのだと、彼に思ってもらうために。

行はもう何も語らず、私の横でじっとしていた。とても哀しそうな顔で。

何でそんなに哀しいんだろう。雨降って地固まるって言うから、きっと私達は明日からまた仲良くなれる。万理江は自分の心に何度も言い聞かせた。

翌朝、行がリビングや書斎を行ったり来たりして落ち着かない。

「何探してるの？　携帯なら私が預かってるから」

と言うと、行はとても厳しい表情で万理江を見つめた。

「壊しちゃってゴメンね。一緒に新しい機種に取替えに行こう」

「そんな時間ないよ、もういい」

行は不機嫌な顔で、出かけて行った。

何で私が怒られないとならないんだろう。勝手なことを言ったりやったりしているのは行なのに。

万理江は壊れた行の携帯を握り締めて、これは私ひとりで解決出来る事態ではないかもしれないと思った。

実家の両親が血相を変えて上京したのは、その日の夕方だった。

るいは行からの連絡を待っていたが、その夜、携帯はいつまでも鳴らなかった。どうしたんだろうと思っていると、隣家に車が戻って来たような音がした。忘れ物でもしたんだろうか。やっぱり妻のことが心配で戻って来たんだろうか。メールも電話も来ないのは、家に戻ろうか迷っていたからかもしれない。

遠い昔、るいは子供までなした夫と呆気なく離婚してしまったので、離婚がそんなに大変なことだとは感じていない。だから行にも出来ると思ったけれど、それは手前勝手な幻想だったようだ。

一瞬、夢のような未来を思い描いた自分がおろかに思えた。

翌朝、新海社に出社すると、山田が、鈴木行から連絡があり、携帯が壊れてしまったので、中村専務の携帯番号とメールをもう一度教えてもらえないかと聞いて来たと言う。

携帯が故障で連絡できなかったのか。少しホッとした気持ちになりながら、それでも一度出た自宅に戻ったという事実が、るいの心にひっかかっていた。

山田に連絡先を教えていいと告げると、すぐ行から携帯にメールが入った。

それはパソコンからのメールで、「忙しくて今日中に新しい携帯を契約出来るかどうかわからないんですが、連絡は必ずします」と言って来た。切羽詰った様子で、るいは少し心配になった。

何があの人に起こっているんだろう。

その夜、るいが自宅に戻ると、隣家の前にタクシーが停まり、万理江と年配の女性が両手に大きな紙袋を持って降りて来た。

年配の女性は万理江によく似た面立ちで、一目で万理江の母だとわかった。

それより何より、白い包帯が万理江の左手首に巻かれていることが、るいの視線を釘づけにした。

「中村さん、長崎から母が出て来たんです。ママ、中村さんには行クンも私もすごく面倒みていただいてるの」

「万理江の母でございます。娘夫婦がお世話になっております」

〝娘夫婦〟という言葉が、るいの胸に突き刺さった。

その時、もう一台のタクシーが隣家の前に停まり、その中から行と三つ揃えのスーツを着た紳士が降りて来た。

「パパも来てたの！」

万理江の声で、その紳士が万理江の父だとわかった。

手首の包帯。両親揃っての上京、生気を抜かれたような表情で立ち尽くしている行。

「行君に説教しておいたぞ」

さりげなく、父親が万理江にささやいた。

るいには、昨日から今までの状況が一気に読めた気がした。

死ぬ気もないのに手首を切って見せたのか、この女は……と思うと、るいは吐き気がするほど不愉快だと感じた。その手の駆け引きは、るいがもっとも軽蔑する行為だからだ。

「あなた、お隣の中村さん、ご挨拶して」

万理江の父が名刺を出すので、仕方なくるいも名刺を出した。

「新海社の専務さんか」

「鈴木さんのご本がベストセラーになって、感謝しております」

「そうだ、あなたのことは、この前経済誌で拝見しましたよ。行君、あんたの人脈も広がって来たな、いいことだ。どうですか、ちょっとお寄りになりませんか」

「いいえ、私は」

るいは素早く辞退したが、

「東京の人はつきあいが悪かね」

と、父親は長崎弁で高圧的にるいを誘い、「どうぞどうぞ」と母親も後に引かない。

こういう時、田舎の人は強引だ。万理江の母にお尻を押されるようにして、るいは鈴木家の玄関に押し込まれていた。

リビングでは、父親のみやげの寿司折を万理江が嬉しそうに開いている。

行と父親は外で寿司を食べたのだろう。嫁の父親とこの人は寿司をつまんで来たのかと思うと、るいはいたたまれない気分になった。

母親がビールだの日本酒だのを手早く用意して、るいや行にすすめる。

昨日、妻とは別れると言った行の言葉と、この家族団欒の距離は、るいを混乱させた。

「中村さんはおひとりでお暮らしなの？」

母親が遠慮なく踏み込んで来る。

「ずっと昔に結婚したことがあります」

「お子さんは？」

「おります」

行と万理江が揃って目を丸くした。

「子供いるの、中村さん！」

「ええ、もう二十六になります」

「ウッソ～！」

行にはバツイチだと言ってはいたが、子供のことは言っていなかった。隠すつもりもなかったが、あなたと同じくらいの息子がいると告げることが辛かったのだ。

「行クン知ってた？」

行は答えなかった。

「坊っちゃま、何していらっしゃるの？」

「フリーターです。今流行の」

「あの、よく来て玄関に座ってる人？　タトゥーいっぱい入れた……」

「今思えば、妻としても母としても、まったくなっておりませんでした」

「あなたが毅然と生きておられれば、それはおのずと息子さんにも伝わりますよ」

万理江の父が穏やかに言った。だが次の母親の言葉が、必死で耐えているるいの心をさらに痛めつけた。

「おひとりで心細い時は、どうぞ娘夫婦を家族とお思いになって、何でもおっしゃって下さいね。行さんは義理堅い人ですから、きっとお役に立つと思いますよ」

るいは行を見つめた。

あなたといたい。でもここにいるのはイヤ！

るいの心を見抜いたように、

「中村さんはお忙しいから……」

と、唐突に行が言った。

「中村さんは私やママとは違うのよ。仕事に生きてる人だから」

万理江も行に同調し、るいはやっとこの家族団欒から解放された。

玄関まで送りに出て来たのは万理江と母親だけだった。

「お怪我？」

るいはあえて万理江に聞いてみた。

「そうなの、昨日、行クンが携帯を投げつけたの、私に。ひどいと思わない？」

「そんなこと言うの、およしなさい」

「だって行クン、中村さんの前ではすごくいい子なんだもん」

「お大事に」

とるいは心配そうな目をして鈴木家を出た。

携帯を行が妻に向かって投げるはずがない。見えすいた嘘をつく女だ。るいはドアを押す手が震えるほどイライラした。

疲れ切って自宅の前まで来ると、玄関の前に愛子が立っているではないか。

「お客来ないから、店早めに閉めちゃったの。お通しのために作った筑前煮余っちゃったから持って来た」

亮に余程惚れているんだろうか。私にまでこんなに親切にしてくれるなんて。隣家で心がズタボロになっていたるいは、愛子の笑顔に救われた気持ちになった。

「愛子さんは、何で亮とつきあってるの？」

筑前煮をふたりでつつきながら、るいは愛子に聞いた。

「好きだから」

「どこが好きなの？」

「これからどうなるかわかんないとこ」

「どうにかなると思う？　あの子」

「音楽じゃダメだろね」

「あ、そう……」

「でも好きだよ、若くてお肌つるつるだし。この辺……」

と、るいは肩のあたりを手で示した。抱き合うと目の前に来る肩のあたりだ。

「若いってだけで、宝物みたいに思える時もある」

「そう……」

そうね、と相槌をうちそうになったがやめた。

「それにわたし、妻がいるのイヤだしさ。妻と別れるって言う男で、ホントに別れた人いないもん。亮はお金もないし、子供だけど、私が一番なんだ」

あのバカ息子にも価値があるようだ。

「一番か……」

「そうだよ、一番だから何でも許せるんだよ」

亮が、愛子はかつて〝横須賀ピストルズ〟というパンクバンドのボーカルだったと言ったのを思い出し、るいはその夜ネットで〝横須賀ピストルズ〟を検索して見た。

すると、全部上に立ち上げた髪の毛を紫と黄色に染めあげ、緑の口紅をつけた、とんでもない姿の愛子の写真が出て来た。

筑前煮をるいに持って来るような家庭的な女には到底見えない。

しかし、愛子に歴史が感じられて、るいはふっと微笑んだ。

この夜、愛子が訪れなかったら、るいはひとりでこの状況に耐えられたかどうかわからない。

翌朝、るいが予想した通り、駅のホームに行が立っていた。

「昨日はすみませんでした」

「謝らないで、やっぱり無理なのよ」

「そんなこと言わないで。精一杯やってるから」

「でもあなたの奥さんは、みんなにガッチリ守られている。あなたはあの家族全員を敵に回せるの？」

「もうちょっと時間を下さい。るいさんのためにも、僕のためにも、必ずけじめをつけるから」

その時、るいの携帯がバイブレーションした。

万理江からのメールだった。

携帯の画面をるいは行に見せた。

『主人にも両親にも内緒で相談したいことがあります、今日会社に行っていいですか？』

るいは行の目の前で、『今日は時間がありません』と返信した。

「これでいいわね」

「はい」

「大丈夫よね」

「彼女は、僕らのことは疑いません。絶対に」

「そうよね……誰も想像もしないわよね、こんな組み合わせ」

るいはちょっとすねたように言った。


万理江の父は昨日、行の会社を訪ね、男として一度一緒になると決めた女は、生涯守るものだ。結婚はふたりだけのことではない。金融庁のように簡単に辞められると思ったら大間違いだと言ったそうだ。行は黙って聞いていたから、大丈夫だろう。万理江は何事もなかったように、堂々としていたらいい、と父親は言った。

それから行は今、ネット証券のトップをめざすためにM&Aを考えている。

男としては大事な時だから神経質になっているとも考えられる。ここを越えれば、行にもゆとりが出るだろう。今少しの辛抱だと言い置いて、今朝、長崎に戻って行った。

母はもう少し東京に残るつもりらしい。

万理江は昼過ぎに携帯ショップに出かけ、新しいGPS機能つき携帯を契約した。

これを夫に持たせよう。突然離婚しようなんて、女がいるのかもしれない。

パパは妻として堂々としていたらいいと言うけど、そんな風には思えない。夫の行動を監視する必要がある。

「これ持って。これ持ってくれたら、行クンのお話も聞いてあげるから」

「監視するつもりなの？」

「だってどっか行っちゃうと困るもん」

「そんなことより話し合おうよ」

「話し合ってもいいけど、私は別れないから。そう信じて堂々としてなさいって、パパも言ったもん。これ鞄に入れておくから。これ持って歩かなかったら、マリ、死ぬから。今度こそ本当に死ぬから。私が死んでもいいと思うなら無視して」

母親が、その時、台所から出て来た。

「行さん、万理江の願いをとりあえず聞いてやってちょうだい」

「でもお母さん、こんなこと」

「昨夜、万理江とあなたを見てて、ふたりは合わないのかもしれないと思ったわ」

「ママ！」

「マリちゃん、ママもパパと相性がよくないのよ。それは小さい時から、あなたもわかってたでしょ。だからママと同じような苦労をあなたにはして欲しくないの」

「行クンは大丈夫よ、パパとは違うもん」

「出直すか、このままやり直すかは、ふたりでよく話し合えばいいわ。でも行さん、今は万理江の心が落ち着くようにしてやって下さい。だからその携帯は持ってやって下さい」

万理江はそれから行の書斎に行き、行の鞄にＧＰＳ機能つき携帯を入れた。


昨夜、愛子が「一番でなければイヤだ」と言った言葉が、るいの心から離れなかった。

私は一番ではない。そう思うと、行の何もかもが信じられなかった。

会社にいて仕事に追われていれば、何とか自分を保つことが出来るが、家に帰ると何も出来ない。本も読めないし、新聞も開きたくない。何も食べたくないし、風呂に入るのも億劫だ。掃除もゴミ出しも、何もかも生きていることすべてに力がわかない。

隣家で行が万理江と暮らしていると考えただけで、るいは自分が崩壊してゆくのを感じた。

これではいけない。どこかにしばらく部屋を借りようかと、るいは真剣に考え始めた。

違う場所で暮らせば、誇り高い自分を取り戻せるだろう。こんなひ弱な、すぐ涙ぐむような自分は好きじゃない。こんな私は私ではない。

そんな時、秀月との食事会で、るいは秋夫・ウイリアム・ターナーという小説家を紹介された。最近、秀月がかわいがっていると文壇でも噂になっている新人作家だ。

新人といえども、五十歳を超えている。日本国籍だが、父親がイギリス人で母親が日本人というハーフで、医師であり、小説家でもあるという変わり種だった。

ハーフながら、島国日本の湿気た風土を情感豊かに描く作風で、『さかさま』という小説で、今年の秋の文学賞を総なめにしていた。

秀月は秋夫を傍において、なめるように見つめている。

るいは秀月と秋夫のやり取りを見つめながら、私も行を見つめる時、こんな風だったらイヤだな……と思った。

人は誰でも老いる。昭和の文壇を代表する美人作家であった秀月も、醜悪な老婆になろうとしている。私もいつかこうなるんだろうか。

「あんた、この人、どやの？　秋夫・ウイリアム・ターナーは独身やで」

「バツイチです」

と秋夫が答えた。

「あんたもバツイチやんか」

秀月はるいと秋夫が近づけば気分を損ねるだろう。そんなことを百も承知だったが、この場だけは乗らなければならない。

「いいですね、バツイチ同士、理解しあえるかも」

と、るいは笑ってみせ、

「秋夫先生、新海社にも新作をお書きいただきたいですね」

と言うことも忘れなかった。

売れそうな作家に早めに目をつけるセンスは人一倍あるはずなのに、秋夫のことは乗り遅れていた。そのことを先日も社長の向井と嘆いたばかりだ。ここで秋夫をつかまえないでどうする。

行のことでいくら調子が狂っているとはいえ、この機を逃してはならない。

秀月をハイヤーに乗せて見送った後、るいは秋夫をバーに誘った。

秋夫は、秀月の前ではしおらしい新人作家を演じていたが、るいの前では違う顔を見せた。

「あなたは出版界の鉄の女と言われているそうですね」

「私には聞こえて来ませんが……」

「美人なのに浮いた噂がない」

「それは本当にないからです」

「僕と流しませんか、浮いた噂を」

「私、浮いた関係に興味はありません。踏み出すなら一番でないとイヤなんです。そんなことより、新海社に新作をいただけないでしょうか。他の出版社より小さいですが、情熱はある会社です」

「仕事の話をするなら酒を飲む必要はない。今夜はこれまでにしましょう」

突然、秋夫は席を立ってしまった。

るいは自信をなくした。こういう時、作家の気持ちをつかむのは得意中の得意だったのに、こんな風に席を立たれるとは……。

意気消沈して自宅に戻ると、隣家から万理江が飛び出して来た。

まるで私が帰って来るのを待っていたように。

「お帰りなさい、中村さん」

一番見たくない人間の姿に、るいはたじろいだ。

「今、行クン、駅まで迎えに行こうと思ってたの、そしたら中村さんが帰って来て。これ見て見て」

るいは小さなメモリのついた試験紙を出した。

「妊娠したの！　ほら、プラスでしょ」

呆然としているるいに、万理江はたたみかけた。

「行クン、今電車の中だから、これ持って駅まで行こうと思って」

「何で電車の中ってわかるの？」

「GPS携帯持たせてるから」

るいは言葉を失った。

万理江は一目散に駅の方向に走り出し、はたと止まって振り返り、

「走っちゃいけないんだったぁ……」

と満面の笑みを浮かべた。

その夜、何かしていないとやりきれず、るいは深夜まで猛然と部屋の中を掃除した。リビングのフローリングをみがき、キッチンのレンジフードも分解して掃除した。

汗と涙が両方、るいの頰を伝ったが、それをぬぐうこともせず、ただひたすら体を動かすことで、今を乗り切ろうとしていた。

5

九月のある日、るいは向井とともに、証券取引所の上場審査部で上場最終段階の面接を受

けた。

新海社の上場には元々乗り気ではなく、社長の向井にまかせっきりにしていたが、行に子供が出来たことを知ってから、るいは向井とともに積極的に動き出した。

仕事は十分忙しかったが、一分でもボーっとする時間があると、行のことを考えてしまうので、常に自分を追い込んでいないとならなかったのだ。

出版社の中で異色の急成長を遂げた新海社の上場は、目の前まで来ていた。

面接を終えて証券取引所を出て来ると、ご機嫌な顔で向井が言った。

「万事つつがなしだな」

「社長の夢が実現しますね。足引っ張らないようにしなくっちゃ」

「何その弱気？　るいらしくないな」

「弱気な日もあった方がかわいいでしょう？」

「上場して軌道に乗ったら、会社はるいがやってゆけ。俺は引退するぞ」

「辞めてどうするんですか？　他にやりたいこともないくせに」

「そうでもないよ」

「え！　何か計画あるんですか、社長」

「今度話すよ」

「もったいぶらないで」

るいが食い下がっても社長は、何も答えなかった。

会社に戻ると、山田が『低金利に勝つ！　株とコモディティのペア投資』という行の第三弾の見本を持って役員室に来た。

「これから鈴木さんが見えるんです。見本をお届けするって言ったら、社長と専務にご挨拶したいからそっちに行くって」

「腰が低いね、鈴木さんって」

向井が驚いている。会いたくないと咄嗟に思ったるいは、

「私これから秀月先生のお伴で新橋演舞場に行かないとならないの。社長、鈴木さんを、よろしくお願いしますね。盛り上げておいて下さいよ」

と、嘘をついて編集部を出た。秘書も聞いていないという目をしたが、無視して編集部を突っ切った。

新海社を出て、交叉点で信号待ちをしている時、るいは反対側の歩道に行の姿を見て、素早く向きを変えた。まだ行は私に気づいていない。今のうちに消えよう。

だが次の瞬間、るいを見つけた行は、信号を無視してこちら側に走って渡って来た。

「何で逃げるんですか？」

「……苦しいからよ」

るいは行を睨んだ。

「ごめんなさい、子供のことは」

「謝らないで！　あなたは簡単に謝り過ぎる。そうやって奥さんにも、ごめんごめんって謝ってるんでしょう」

「話を聞いて下さい。るいさんだって、このまま終わっていいはずはない」

「私、これから仕事なの」

「嘘だ！」

「嘘じゃないわ」

「僕の気持ちは変わりません。シンガポール以来、万理江にも触れてません。僕に必要なのはるいさんなんです。るいさんだって、僕が必要じゃないんですか」

「必要なものがたとえ手に入らなくても、私は生きてゆける。欲しいものが一つ手に入らなかったくらいで、これ見よがしに手首切ったりしないし」

「僕はイヤです、るいさんのいない人生なんて」

「何度も言ったはずよ。諦めながら生きるのが人生だって」

「るいさんは諦めながら生きてなんかいない！　諦めていないから、僕ともこうなったんだ」

　思いがけない強い言葉に、るいはたじろいだ。

「万理江と別れる前に、彼女がこの先、立ち行くようにしなければなりません。経済的にも精神的にも。本当に子供が生まれるなら、その子への責任もあります。それを解決するには時間がかかるんです」

「待つのはイヤなの」

「無理を言うなよ！」

　めずらしく行が大きな声を出した。

「何とかすると言いながら、あなたは何もしなかった。何も前に進まなかった」

「やってるよ、必死で」

「結果が出なければ、何もしないのと同じよ」

「るいさんらしくないな。自分を被害者みたいに言うなんて」

「あなたを好きになったのは、私の責任よ。バカだったと思ってるけど、被害者だなんて考えたことはないわ」

「ごめん」

「謝らないでって言ったでしょう！」

道行く人が、ふたりのやり取りをチラリと見て通り過ぎて行く。ただ事ならぬ雰囲気を発しているからだろう。会社の者が見るかもしれない。だがもう止まらない。言いたいことは言ってしまおう。誰が見てもかまうものか。

「子供は物じゃないわ。親が守ってやらなかったら息も出来ないのよ。私はそんなことしているあなたを見たくないの。そんなあなたに待てと言われたって、待てるわけないいじゃない」

「何と言われても、僕が愛しているのはるいさんなんだ。だけど、万理江が死んでもいいとも思えないよ。るいさんみたいに自分の力で生きることができる人間じゃないから、あいつは」

「あいつ……」

「約束を守れなかったことは謝るよ、だけど、どうしても時間が」

行の言葉をるいはあえて遮った。

「何度も言わせないで。私は待てないし、隣家であなたの子供が生まれるのを見たくないの。奥さんを連れて、あの家を出てって。私は引っ越さないから、あなた達が出てって」

そこまで言うと、るいは行の傍を離れた。唇が震えているが背筋を伸ばし、出来るだけ大股で行から遠ざかって行こうと努めた。

そこらの若い子より、ずっと自分の方が素敵だと思って生きて来た。経験を積んだ者の方が魅力的なのは当然だもの。それなのに行と出会ったら急に自信がなくなった。鏡を見るのが怖くなった。

行は私をしあわせに出来ないだけじゃない。私から自信まで奪ったのだ。気がつけば、未熟なだけで何の取り得もない若い女に嫉妬する情けない私になっていた。そんな自分とは決別しなければならない。

るいはその足で、東京タワーの近くにあるウイークリーマンションを契約した。行に隣家から出て行けと言ったけれど、そう簡単にあの夫婦が引っ越すとは思えなかったからだ。

ウイークリーマンションの契約書には、ペットの飼育は不可と書いてあったが、レタスをほうっておくことは出来ない。

るいは万理江に会うのは恐ろしかったが、それでもこっそりレタスを連れに杉並に戻った。自分の家に帰るのに、何でこんな風にこそこそしなければならないのかと思うと、心底腹立たしいと思ったが、昼間のうちにレタスを連れに行く必要があった。

夜になると、行が帰って来ているだろう。隣家にともる明かりを見るのも耐えられない。ますます自分がみじめになる。そう思ったからだ。

レタスはあまり鳴かない猫なので、ウイークリーマンションでもしばらくは隠し通せるだろう。昼間はペットホテルに預けて会社に出るつもりでいた。お金はかかるが、やむを得ない。


万理江は犬の散歩を頼まれていた近所の家に出向いた。

「あの、わたし、妊娠したんです。それで……大型のワンちゃんのお散歩は、お腹に力が入ってしまうので」

一度引き受けている散歩を断ったら、無責任だと怒られるのではないかと思って心配だったが、近所の主婦は手を叩き、

「おめでとう、万理江さん。よかったわね。うちの子の散歩はいいわよ、ネットで新しいペットシッターさん、みつけるから」

と、心から喜んでくれた。

いろいろあったけど、やっとしあわせになれる。私達は本物の夫婦になれる。そう思うと帰り道、万理江は頬がゆるむのを感じた。

右足に生ぬるいものが流れてゆくのを感じたのは、家に戻って玄関の鍵を開けた時だ。

何だろうと思って見ると、赤い細い線が右足の膝下まで来ている。その赤い線は、次第に二本になり、足首を伝って靴の中まで入って行った。

明日、産婦人科で妊娠しているかどうか診てもらおうと思っていたのに、今出血するって、これは一体なあに？　今、私の人生に起こっていることは、どういうことなの？

万理江はうろたえた。

お腹も痛くないし、流産とも違う気がする。妊娠初期に軽い出血がみられることもあると本に書いてあったから、それだわ、きっと。

こういう時は安静が第一だ。万理江はリビングのソファーに横になって、しばらく過ごした。神様、私の赤ちゃんを守って……と祈りながら。

だが、出血は止まらなかった。

万理江はポケットから携帯を出し、いつも不妊の相談に行っている病院に電話をした。一一九番をして、すぐ行くから救急で見て欲しいと言うと、病院の人が簡単に一一九番してはいけない。タクシーで来なさい、と言う。何て冷たいんだろうと思ったが、言われた通りにした。

出血は止まらないので、生理の時の処置をして病院に急いだ。行に電話しようかとも思ったが、せっかく赤ちゃんが出来たと報告したばかりなのだから、余計な心配をかけてはいけないと思ってやめた。

病院の救急外来で、長いこと待たされた後、やっと産婦人科病棟に案内されたが、診察してくれた医者は愛想の悪い女医だった。若くて経験もなさそうなのに威張っている。

内診台の向こうで女医が言った。

「これは月経ですね」

「そんな！　妊娠反応だって出てたんです」

万理江は内診台の上に上半身を起こして言った。

「残念ながら、妊娠ではないです」

女医はカルテを書いた後、こんなことで救急を受診するなというような目で万理江を見ながら言った。

「これからお産がありますので、失礼します」

患者の心に気遣うことも出来ない医者なんてサイテーと、心の中で叫んだが、声にはならなかった。病院の意見箱に文句を書いて入れてやろうかと思ったが、その元気も結局出なかった。

あんなに待ち望んだ赤ちゃんだったのに、間違いだったなんて。行にどう説明したらいいんだろう。

行は子供を望んでいる様子もなかったから、もしかしたらこれでホッとするだろうか。そう思うと万理江は無償に腹立たしくなった。こんな運命を簡単には引き受けられない。妊娠が間違いだったと認識するには、もっと時間がかかる。

そうだ。当分、妊娠したことにしておこう。妊娠している妻のしあわせを、今放棄するなんてイヤだ。

夜遅く行が帰宅すると、万理江は満面の笑みを浮かべて告げた。

「今日病院に行ったの。今、六週目だって。予定日が来年の六月一日」

「そうか……」

「私ね、男の子でも女の子でも、クルって名前つけたいな」

「クル？」

「行クンはイクでしょ。だから子供はクル」

万理江はサイドボードの上のメモ帳を取って、〝来留〟と書いた。

「鈴木来留、オッシャレー」

「イクとクル……漫才師みたいだな」

「え〜！　さっき長崎のママに電話したら、マリちゃんはセンスいいわね〜って言われたのに」

「そうかな……？」

「これから私、行クンのお仕事のことも勉強するね。生まれて来る子供に、パパのお仕事のこと説明できないと困るから」

行は無表情でおし黙ったままだ。

「ねえ、聞いてるの？」

「ああ……」

「じゃあ教えて」

「今日はいいよ、疲れてるから」

「ケチ！　せっかく勉強する気になったのに」

万理江は、ウッと口を押さえてしゃがみ込んだ。つわりの真似だ。真似と言っても、気持ち悪いような気分になったのは本当だ。行が冷たいので耐えられなくなったのだ。

「大丈夫か？」

行はしゃがみこんだ万理江の背中を、やさしくさすってくれた。長い指の感触が、万理江の背中の上を行き来した。

「行クンみたいに指のきれいな男の子が欲しいの、マリ……」

やっぱりこのまま妊娠していることにしておかないといけない。そうしないと、この人は私から遠ざかってしまう。

困難な決意をしたことに震えながらも、万理江は立ち上がった。けなげに見えるように辛そうな顔をしながら。それから窓の外を何気なく見た。まだ隣家の明かりはついていない。

「中村さん、遅いね。レタ君、大丈夫かしら。中村さん、遅くなる時はいつも電話して来て、レタ君の餌お願いねって言うんだけど、今日は電話がないの」

「忙しいんだろ」

行はまったく興味がなさそうだ。

「中村さんってほとんど家にいないのに、何で猫飼ってるんだろ。猫だって子供と同じよ、ほったらかしにしてたら性格悪くなっちゃうんだから。息子のことだって、産みっぱなしでほったらかしていたから、あんなタトゥーになっちゃったのよ。仕事仕事って言ってるとカッコイイみたいだけど、何か違う気がするな……」

なぜか隣家の悪口を言ってしまった。いけない、お隣さんは悪い人じゃないのに。

「うちの子は大事に育てようね、ふたりで」

もう一度、甘えた目で、万理江は行を見上げた。

秋の文庫フェアーに向けて、眞垣秀月の作品の帯をかけかえることになり、るいは秀月を食事に誘った。

今夜は寿司が食べたいと秀月が言うので、銀座の最高級の店に案内した。

「マグロと牛肉、それにフカヒレ、この三つを順番に食べてたら気力が続くんやわ。けど、最近、ええフカヒレがあらへんねん。上海か香港か台湾にでも行かなあかんな。連れてって」

「いつでもお伴いたします」

相変わらずおねだりの多い秀月だが、恩義ある秀月の願いは何でも叶えなければならない。

「新海社は出版不況どこふく風やな。金融王子の本もえろう売れてるらしいし」

「先生！　そんなこともご存知なんですか」

「そら、あんたとこのことは何でも知ってるがな」

金融王子に会わせろと言われたら厄介だと思ったが、秀月はそれは言い出さなかった。

「ところで先生、文庫の帯の文案ですが、ご覧いただけましたでしょうか？」

文案を郵便とＦＡＸの両方で自宅に送っておいたが、きっと見ていないだろう。

「今夜もお持ちしてみたんですが……」

るいは文案のコピーをバッグから出した。

「ええがな、あんたに任せるゆうたやろ」

「でも、一度お目通しいただきませんと」

「ええがな、面倒くさ」

それでもるいは文案のコピーを、秀月の目の前に広げた。

「やめてえな、お寿司がまずなるやんか」

「では、おそれいりますが、これをお持ち下さいませ。失礼いたします」

るいは無理矢理、文案のコピーを秀月の着物のたもとに押し込んだ。

秀月は気分屋だ。文案にきちんと了解を得ておかないと、後で何を言い出すかわからない。

「それよりあんた、秋夫・ウイリアム・ターナーとはどないなってんねん。あの後、ふたりで飲みに行ったんやろ？」

「え？」

「あんたにあの男を紹介した夜やがな」

「ああ、あの晩、一杯だけご一緒いたしました」

「私に隠し事は出来ひんえ。あちこちに草を放ってるよってな」

「隠し事などしておりませんわ」

「あの男はあかん。あんたには似合わへん」

「先生この前、この人どうえ？　っておっしゃいませんでしたっけ？」

「そらあの時は、秋夫に華を持たせてやったんやがな」

「あら、本気にしておりました」

「アホ。あんたのような女はひとりが似合うんや。寂しい方が風情もええ」

秀月の意見には一貫性がなく、その日その時の気分でものを言うことは百も承知していたが、この時の秀月の言葉に、るいはいつもと違うトゲを感じた。

その直感が正しかったことは、一ヶ月後、秋の文庫フェアーが始まった日に明らかになった。

秀月から向井に電話があったのだ。普段なら何事もるいに言って来るのに、向井を呼び出し、秀月は告げた。

秀月の作品に新しくかけた帯には、「源氏物語をも越える恋愛小説の古典」と書かれている。それが秀月の逆鱗に触れてしまったようだ。

向井は受話器を持ったまま直立不動になっている。

「私の作品は古典やない。今の世に書いたもんやし、今の世に問うたもんや」

受話器の外まで秀月の声が聞こえている。

「おっしゃる通りでございます。申し訳ございませんでした」

向井が必死で謝っている。

「おるいさんはわかってへんのやな。私の作品に古典やなんて帯をつけて」

「中村は決してそのような……彼女は先生の最大の理解者であり、ファンでございますから」

「あんたんとこに肩入れした私がアホやったわ」

「申し訳ございません。文庫の帯はただ今すぐ手配して回収いたしますので」

「もうよろし！　新海社の私の作品、全部引き上げます」

「え――っ！」

「文庫も単行本も全部絶版にしてちょうだい」

向井もるいも言葉を失った。

「私ら書き手と出版社の関係は信頼しかあらへんやろ。あんたとことは契約書も交わしてへん。それはおるいさんとあんたを信用してたからや。けど、それが壊れたら、何もかもしまいやわ」

「お待ちくださいませ、先生」

「上場するほどの会社の社長が、私の小説くらいで何ゆうてんの」

「新海社は、先生のお力で立ち上がった会社でございます。先生のお作がなくなりましたら、もう立ち行きません」

「そんなことしらへんがな。ほな、さいなら」

秀月の電話は切れた。

すぐにるいが電話をかけ直したが、携帯も自宅もつながらない。

向井はすぐ、前の文庫の帯を部下に持ってこさせて、新しい帯と比べた。

前の帯には『古典を越える』と書かれており、新しい帯には『恋愛小説の古典』となっている。

古典を越えるならいいが、古典と断言されるのは許せないということなのだろう。

「文案は見せているんだろうな」

「もちろんです、郵送し、FAXし、その後、手渡しました」

「秀月先生はOKしたんだな」

「はい、あんたに任すとおっしゃいました。でも、古典を越えるというニュアンスと、古典と断言したのでは違うかもしれません」

「バカヤロウ！　納得するな、こっちが引いたら終わりだぞ」

「私のミスです。これから謝りに行って来ます」

「俺も行こう」

るいと向井は、秀月の自宅に直行したが、秘書兼お手伝いの女性が出て来て、秀月は次回作の取材で留守だと言う。

「お帰りまで、外で待たせていただきます」

るいと向井は夜まで秀月の自宅の門の前に立っていた。居留守は明らかだったので、待っていればそのうち秀月がシビレをきらせるだろうと思ったが、甘かったようだ。

向井はその夜、取引銀行の頭取との会食があり、そちらも欠席できずに帰って行ったが、るいは翌朝まで秀月の家の前に立っていた。

小雨が降り出し、夜中は刺すような冷たさが体をつきさしたが、それでもるいは帰らなかった。

ロングセラーの多い秀月の作品を引き上げられたら、新海社の売り上げは明らかに落ちるだろう。もう目の前まで来ている上場も廃止になる可能性がある。上場は長年の同志である向井の夢だ。それを自分のミスでつぶすと思うと、るいは全身の体温が一気に下がったように寒くなった。


万理江の妊娠を知って、長崎から母が上京した。

母はつわりがひどかったので、万理江も似たような体質ではないかと心配したようだ。妊娠していないのだから、つわりなんかないのだけれど、万理江は時々、ウッと口を手で押さえてつわりの真似をした。

母のつわりはもっと激烈だったらしいので、「その程度なら安心だわ」と言う。もっと激しい芝居は出来ないので、このくらいで止めておくしかない。

母が来てから行は、母と万理江に会社のことを説明してくれるようになった。

モンディアーレ証券は、この前、中堅のネット証券とM&Aをし、会社の規模を大きくしたが、現在、ネット証券では取引高七位である。今後も、M&Aを繰り返し、ネット証券界のトップを目指すべく頑張っているのだと行は語った。

「M&Aって何？」

母は万理江以上に無知だ。

「ヤダ、ママ、そんなことも知らないの？　会社と会社を統合することよ」

「何年か前、テレビ局を乗っ取ろうとした人とか、鉄道会社を乗っ取ろうとした人もM&Aしてた人よね。怖いことなんじゃないの、M&Aって」

「ヤダ〜、行クン、怖いことしてるの？」

「僕は元金融庁の人間だよ、金融商品取引法の専門家なんだ、法律に触れるようなことする訳ないだろう」

　万理江だけだと面倒くさがるのに、母がいると行は丁寧に説明してくれる。いつもこんな行クンだったらいいのにと、万理江は思った。でも、

「主人がね、いずれ東証一部に上場するつもりだろうから、それならうちも出資しようかなって言ってたわよ」

　と母が言ったら、行はすかさず断った。

「それは結構です。資金調達のめどは立っていますので」

　あんまり素早く断ったので、私もちょっとムカついた。こういう所が父にとっても、かわいくないいんだろう。もうちょっと大人になってもいいのにな、せっかく頭がいいんだから。

　行は毎日忙しく、夜中にならないと帰らないので、母がいると万理江は時間を持て余すことがなくて楽だった。買い物に行ってもお財布は出さないでいいし。

　もう帰らないと、と言う母を一ヶ月も万理江は東京に引きとめていた。

　今日も日比谷で映画を見た後、タクシーで帰ろうと母に言ったら、妊娠中は歩いた方がいいと言われ、地下鉄に乗った。

　そうしたら母が、中吊り広告に『新海社のドジ。大御所、眞垣秀月が全作品引き上げ』とあるのを見つけた。

「新海社って行さんのご本出してるとこじゃないの？」

「あ、ホントだ！」

「お隣さんの会社よね。大変ね、お仕事持ってる女性は……」

万里江と母は家の近くのコンビニでその週刊誌を買った。記事には見慣れた中村るいの写真が大きく出ている。でもお隣さんとして見ているのと、週刊誌に載っている写真で見るのでは、違う人のように万里江は感じた。

記事によれば中村さんと有名な女流作家がケンカしたと書いてあるが、るいの写真は、そんな小説家ひとりくらいどうってことないわって感じの自信に満ちた顔に見える。

この頃、中村さんが自宅に戻って来ないのは、この問題だったのかと想像したが、それでもあの人は週刊誌に叩かれるくらい何とも思わない強い女なんだ、きっと。夫に守られていないと心細い私なんかとは、ぜんぜん違う。

でも私が男なら、お隣さんのような強い女より、私みたいに頼りない方がかわいいだろう。やっぱり私はこれでいい。赤ちゃんも当分このままってことで……。万里江は改めてそう思った。

秀月の全作品は新海社から引き上げられ、上場は取りやめになった。

主幹事証券会社担当が新海社の役員室を訪れ、

「売り上げに影響の大きい眞垣秀月先生の著作がまったく販売できないとなりますと、上場申請取り下げを証券取引所に申し出なければならないと判断します」

と、社長とるいに宣言した。この瞬間、社長の長年の夢であった上場は潰《つい》えた。

秀月の文庫の帯の文面を、確認しきらなかったるいの責任である。

主幹事証券会社担当が帰ってから、るいは前の晩に用意しておいた辞表を向井の前にさし出した。

「私の首を切ったということで、秀月先生のお怒りを鎮めて下さい」

するとしばらく考えていた向井が言った。

「この前からずっと考えていたんだけど、今回のことは、何か裏があるんじゃないだろうか」

「裏？」

「帯の言葉が気に入らないなら、刷りなおせばいいことだ。秀月先生の気持ちがここまでこじれたのは、他に理由があるとしか思えないよ」

「思い当たりません」

「俺も思い当たらないけどさ、でも帯のことは口実のような気がしてならないんだ」

誰かが新海社の悪口を秀月に言ったというんだろうか。しかしそんなことは、今までだってさんざんあったはずだ。それを越える信頼を勝ち得ていたはずなのに……。

「どちらにしても、眞垣秀月の小説とるいと、どちらを取るかと言われれば、俺は迷わずるいを取るよ。るいを犠牲にしてこの会社を守る気はない。新海社は俺とるいの会社だ」

向井は長年の同志ではあったが、こんな温かい言葉を投げかけられたのは初めてだ。るいは目の奥が熱くなるのを感じた。それでもこのままではいけない。

「ありがとうございます……うれしいです……でも、このままじゃ社員だって納得しないと思うんです。部下にはさんざん厳しいことを言って来たんですから」

「そんなことで見栄をはるな。立ち直るとはどういうことか、身をもって社員に示せばいい」

向井はるいの目の前で辞表を破った。

「だったら降格にしてください。役員は退きます」

「しつこいな」

「お願いします」

るいは深く頭を下げた。

その日、るいは会社を出る時、表に行がいるのではないかと感じた。霊感なんかないはずなのに、会社の表に立っている行が見えるような気がしたのだ。

万理江の妊娠を聞いた直後、強い気持ちで断ち切った行との関係だったのに、なぜ今、そんな気持ちになったのか。

会社のロビーを通過する時、るいの心拍数が上がるのを感じた。裏口に回ろうかと一瞬思ったが、足はそのまま前に進んでいた。

よく考えれば、そんな直感が当たるはずもない。こんなことで裏口に回るなんて情けない。るいは役員を退くことを社長に告げ、寂しくなっている自分に苦笑した。

表に出ても、行の姿はなかった。

そのまま交叉点に向かって歩きながら、疲れたのでタクシーに乗ってしまおうかな……とるいは考えた。こんな日には自分をいたわってやる必要がある。

行が姿を現したのはその時だ。

「るいさん」

行の声に振り返ると、玄関の右端に行が立っていた。

直感が当たったことで、るいは息を飲んだ。信じられない、こんなこと。

そのままふたりは並んで道を歩いた。

会社からしばらく遠ざかった所で、行が声を発した。

「僕に出来ることはないですか。出版のことはわからないけど、るいさんの力になりたいんです」

「ありがとう。お気持ちだけで……」

るいは会釈をすると、自らその場を離れた。

もう一度「るいさん」という行の声が聞こえたような気がしたが、空耳だったかもしれない。とにかく振り返らずに歩いた。

そして地下鉄の駅の階段を小走りに降りていたら、息が苦しくなった。涙がこみ上げるのとは違う、息が苦しい感じだ。胸の上に何か重い物をのせられたような、ゆっくり首を絞められているような感覚かもしれない。

「助けて……行さんに傍にいてもらいたい……あなたに抱き締めてもらいたい……一緒にいたい……本当は……本当はこんなに好きなのに……」

あふれ出しそうな言葉と想いを飲み込んで、るいは階段を駆け降りた。少しでも彼から遠く離れようと必死で自分に言い聞かせながら。

その足でペットホテルにレタスを迎えに行った。

私だけを頼りにし信じているレタスの顔を見たら、少し気持ちが落ち着いた。この子とふたりでシンプルに暮らしていた時がなつかしい。もうすぐその生活に戻れるだろう。私の心さえ安定したら。

レタスをいれたケージを、さらに一回り大きな袋に入れ、ウイークリーマンションのフロントの前を足早に通過した。心の中で、今日も鳴かないでくれてありがとう、とレタスに語りかけながら。

部屋に入ってレタスをケージから出すと、一日の疲れがドッと出た。

人生には様々な局面があるが、こんなに一度に試練が訪れたことがあるだろうか。自分の何が誰に問われているんだろう。出版は博打ではあるけれど、著者と編集者の間に深い信頼と愛情がなければ、いい本は出来ない。そう信じてやって来たし、やり方に間違いがあったとも思えないのに、なぜこんなことになってしまったんだろう。

大切な著者も、愛する男も、社会的地位も失ってしまった自分は、これから何を支えに生きてゆけばいいんだろう。社長は立ち直るとはどういうことか、身をもって社員に示せと言ったけど、そんなことが今の私に出来るんだろうか。

疲れた……お風呂も入らず、このまま眠ってしまいたい……と、るいがベッドの上に体を投げ出して考えていた時、携帯が鳴った。起き上がってバッグから携帯を出すのもうとましかったが、万が一秀月からだったりしたら無視できないと思って、るいは起き上がった。

電話は秋夫・ウイリアム・ターナーからだった。

「出て来ませんか？」

秋夫は単刀直入にるいを誘った。

一時間後、秋夫の行きつけだという麻布のバーに、るいは到着した。

「お待たせしました」

「忙しいのに、来てくれてありがとう」

「忙しいなんて……今の私を誘ってくださる方なんかいませんから」

「何にします？」

「マティーニ」

「戦場で飲む酒ですね」

変わったことを秋夫は言った。

「マティーニは、砲弾の音を聞きながら飲む酒ですよ。あ、また人が死んだなと思いながらね」

「私も今、戦場にいる気分ですから。砲弾を浴びせられているって感じでしょうか」

「戦場ね……実は秀月先生から半月ほど前に電話があって、新海社に新作を書くことはまかりならんと言われたんですよ」

「え？」

「誰を味方にするか、誰を敵にするかで、あんたの小説家としての将来は決まる。そやから私の言う通りにしなはれってね」

「それで先生は？」

「新海社とは何も約束していないけれど、自分のことは自分で決めたいと言いました」

この瞬間、社長が秀月の作品の引き上げには、別の理由があるのではないかと言った意味がわかった。

秋夫を秀月に紹介された夜、るいは秋夫と一杯飲んだ。新海社に新作をと口説きたかったからだ。だがどこからかそのことが秀月の耳に入り、ご機嫌がナナメだったことが一度だけある。「私に隠し事したらあかんえ」と言われたが気にしていなかった。秀月に信頼され、かわいがられているという自負があったからだ。

ただ、秀月が秋夫をどれほどかわいいと思っているかは、あまり深く考えていなかった。大御所が新人作家に目をかけることはよくあることだ。しかし、今思い出してみれば、秋夫をなめるように見つめていた秀月の目は、ただ事でなかったような気もする。

秋夫と恋愛をする気はないかもしれないが、るいと秋夫が接近することは許せなかったのかもしれない。るいは秋夫と個人的に親しくしたいという気持ちはなかったが、秀月にそんな言い訳は通用しないだろう。

才能のある者は嫉妬深い。そのことを忘れていたと、るいは思った。

「元気がないですね、何かうまいものでも食いに行きますか」

秋夫に聞かれたが、まったく食欲がない。

「今食べるんじゃないですよ、明日の朝、函館の朝市で世界一美味しい海鮮丼を食べるというのは、いかがですかね」

「函館?」

「大丈夫、明日の仕事には間に合うように東京に戻ります。私も診察がありますから」

それから一時間後、るいと秋夫は、東京駅発の夜行列車カシオペアに乗っていた。

函館の朝市は、海産物だけではなく野菜や日用品なども並んでおり、観光客で賑わっていた。

秋夫はるいの手を取って、飛ぶように市場の中を歩いた。足が速く、るいはヒールの靴でついて行くのが大変だったくらいだ。物静かな日頃の秋夫からはうかがい知れないアクティブな姿に、るいは驚いた。

市場のはずれの定食屋に入ると、朝早くから、みんなが日本酒やビールを飲んでいる。

秋夫はまんぷく海鮮丼をふたつと冷酒を二合注文した。注文するとほんの三十秒くらいで海鮮丼がふたりの前に置かれた。

うににいくら、ほたてにるいべがおしみなくのっており、丼からはみ出しそうになっている。

ふたりは冷酒で乾杯をし、海鮮丼を食べ始めた。昨夜から食欲のなかったるいも、朝にはさすがにお腹がすいており、新鮮な魚介をかき込んだ。

「食いっぷりがいいですね。それなら大丈夫だ」

秋夫の言葉が、二年前の記憶を呼び起こした。

金融庁を訪ね、行とランチをした日、ビーフシチューを豪快に食べる行を見て、食いっぷりがいい男は裏表がない、と思った。それからフォークを持つ長い指を見て、指のきれいな男は不実だ、この男も不実な奴なんだろうと考えた。

忘れようとしているのに、なぜこんな風に蘇ってしまうのか。

「何も考えないことです」

秋夫の、あまりにも的を射た言葉に、るいはハッとした。

この人は何を知っているというんだろう。そうだ、この人は新海社と秀月先生のことで、私が苦しんでいると思っているのだ。

でも、秋夫はやさしい、そして大人だ。秋夫のような男を愛せばいいのに、私は何をやっているんだろう。

この人にすがってみようか。ふとるいにそんな気分が芽生えた。

秋夫は独身だ。年齢もるいの少し上で、るいと同じバツイチ。子供はいないと秀月が言っていた。

妊娠中の妻を抱えている行なんかより、よほどいい。

そんなことを考えながら、るいは冷酒をくいくいと飲んだ。

それからふたりは函館空港から飛行機で羽田に戻った。羽田から新海社まで秋夫がタクシーで送ってくれた。秋夫もこれから代々木のクリニックで外来診療があるそうだ。

「間に合った、やったね」

新海社の前で車を降りる時、秋夫は笑顔で親指を立てた。

「楽しかったです、生き返ったかも」

「昨夜も言ったけど、無理せず生きたらいいよ」

「はい」

確かにるいは無理をして生きて来た。人に出来ないことをやらなければならないと、いつも自分に言い聞かせながら頑張って来たと思う。でも時には無理せず生きることも必要なのだ。今朝のるいは、そんな気持ちになっていた。

役員を退き一社員となって、無理をせずに生きてみよう。流されてみよう。そんなことを考えながら、るいは会社の玄関を入って行った。

るいが編集部に到着すると、向井がめずらしく先に来ており、ガラス張りの役員室の中からるいを手招きしている。

「いろいろ考えたが、しばらく総務に行ってもらおうと思う」

向井は苦しそうな表情でるいに伝えたが、るいは素直に受け入れることができた。

「わかりました」

「総務を違う角度から見て来て欲しい。鈴木行の本も売れているし、君の企画したものは全て順調だ。いずれこの部屋に呼び戻すから、少しだけ辛抱してくれ。俺とるいの関係は変わらない。遠くに行くなよ」

向井の深い思いやりと、るいへの信頼を泣きたいほどありがたいと思いながら、るいは大きくうなずいた。

しかし、新海社の出版物すべてを決めていたるいにとって、総務の雑務は退屈だった。こういう仕事も会社の中の大切な仕事だ。だが挨拶状を封筒につめ、発送するだけの仕事を朝から晩までやっていると、退屈以上の苦痛があった。

編集部の山田をはじめかつての部下は、廊下ですれ違っただけで、訳もなく申し訳なさそうな顔をするが、るいはそんなことはどうでもいいと思えた。これも人生の必然だ。受け入れて行こうと思えたのは、秋夫の穏やかなアドバイスがあったからかもしれない。無理をするなという秋夫の声が、いつもるいの耳に聞こえていた。

愛子が会社に訪れたのは、総務にるいが異動して一週間くらいたった頃である。近くまで来ているというので、昼休みに会社の近くで一緒にランチを食べた。

会社のロビーで待ち合わせた時、愛子はるいを見るなり言った。

「どうしたの？　十歳くらい年取っちゃった感じ。男とモメたでしょう。そういうの見えちゃうんだよね、私って、霊能者みたく」

愛子のくったくのない言い方に、思わずるいは口に出した。

「恋愛って体に悪いのね」

「キャー、亮が聞いたらショック受けるよ、あいつマザコンだからさ」

「亮、元気？」

「うん、今ケンカしてるけどね。亮と住んでるアパートは私が借りてる部屋だから、あいつを追い出せばいいんだけど、追い出したら本当に終わっちゃいそうじゃん。あんな若い子、なかなか手に入らないもんね」

愛子の言葉がるいの胸に響いた。

「しばらくママんちに泊っていい？　ホテルとか泊るとお金かかるし」

「スナックはどうするの？　うちから遠いわよ」

「店は閉めたんだ。儲からないから。でも次の仕事は決まってるよ。ラブホの電話番」

「ラブホの電話番って何するの？　予約取るとか？」

「ラブホ予約する人いないよ、ママ。コンドーム持って来いとか、延長したいとか、そういう電話受ける仕事よ」

「あ、そう……」

「夜中仕事して始発で帰るから、ママとはすれ違いだし、昼間掃除と料理しとくから」

「それはいいんだけど、実はあの家に住んでいないのよ、今」

愛子には行のことを抵抗なく話すことが出来た。おそらく愛子と亮も、同じくらい年齢の離れたカップルだったからだろう。行の妻のお腹が大きくなってゆく様を見るのが辛くて、家を出たことも……。

するとと愛子は呆れた顔をした。

「あんなバカ女に気おくれして、どうすんのよ！　誰が見たってママの方がいいに決まってんじゃん」

「ねえ、ママってやめてよ」

「じゃるいちゃんにする？」

「いいわよ、それで」

「るいちゃんがビビって家出ることはないよ」

「でもあっちは知り合う前から結婚しているんだし」

「関係ないよ、そんなの」

「年齢だって、私は上過ぎるし」

「関係ないね」

「誰が考えたって、私が引くのが順当よ」

「関係ない。あっちが妊娠してるんなら、るいちゃんも妊娠しちゃいな」

「え――っ！」

「どっちを選ぶんだって、お腹突き出して聞いてやんなよ。奪い取りな。絶対奪い取りな」

愛子は過激だが、るいはうれしかった。奪い取りたい、本当はるいもそう思っていたのである。

秋夫に言われたような無理をしない生き方もいい。しかし、愛子と話していたら、無理をしても行を自分のものにしたいというるいの本音が、再び頭をもたげて来た。

行はまた新しいM&Aを考えているらしい。今度のM&Aが上手く行けば、モンディアーレ証券は一気にネット証券界のトップになるんだそうだ。

今夜は東大の時の行の友人で、今は弁護士をしている柏木さんが来て、遅くまで話していた。よくわからないけれど、行が何度か「抜け道はないか？」と聞き、そのたびに柏木さんが「それは難しい。やめるべきだ」と、厳しい顔で言っていた。

家で仕事の話をすることがないので、万理江は柏木と話す行の何かに焦ったような様子に不安を感じた。夫は何をそんなに急いでいるんだろう。

柏木さんが帰った後、行は切羽詰ったような表情で、万理江に言った。

「僕らやっぱり合わないよ」

「ピッタリ合う人なんかいないと思うな、パパとママ見てたって」

「合わなくてもふたりがやっていこうと思うならいいよ、長崎のお父さん、お母さんみたいに。でも片方が難しいと思ったら、結婚生活はむずかしいよ」

「ぜんぜん難しくない」

「考え方が違い過ぎるよ」

「どこが違うの？」

「僕は自分の世界を持って生きて欲しいんだ、パートナーには。でもマリは守られて生きるのが望みだろ」

「妊娠中だもん、守られて当然じゃない。仕事できないし」

「子供とか夫だけじゃなくて、自分の生きがいを持っている人が好きなんだ」

「でも行クン、私がペットシッターやりたいって言った時、仕事するの嫌がったじゃん」

「軽い気持ちでやる仕事じゃないって言っただけだよ」

「赤ちゃんが生まれたら、軽い気持ちじゃないお仕事するから待ってて。だからずっと一緒にいて。離婚なんて絶対しないから」

万理江は、本当にわからなかった。こんなにかわいく、こんなに行を愛している私と別れたいなんて、行は心の病気なのではないだろうか。何でも壊したくなっちゃうような、そんな心の病気なんではないだろうか。

翌日、まだ早いという母を説得して、ベビーカーを買いに行った。

赤ちゃんの体感温度が保たれ、紫外線防止のフードもつき、ワンタッチで小さくたためてしまう最新式のベビーカーだ。これに乗るはずの赤ん坊は、私のお腹にはいない。でも、ベビーカーを見ていたら、何が何でも欲しくなって最高級のに決めてしまった。

帰りに母とお茶を飲みケーキを食べていたら、母がひとり言のように言った。

「マリちゃん、本当に妊娠してる？」

血の気が引いた。

「本当ならいいんだけど……」

母親って恐ろしい。でもこんな風に子供の心が読めるのは、私が母の体の一部だったことがあるからだ。私も子供が欲しい。心の奥底から突き上げる思いを、万理江は押し隠すことが出来ず、涙をうかべた。

「ママがヘンなこと言うから、また気持ち悪くなっちゃったじゃない」

万理江は口を押さえて、トイレに走った。


愛子とレタスを連れて、るいは杉並の家に戻った。

愛子の言うことは正しい。私が逃げることはない。毎日、行の顔を見て、あなたはどちらを選ぶのかと圧力をかければいい。

愛子はその日、るいの家の大掃除をし料理をし、夜はマッサージまでしてくれた。

ラブホテルに来るマッサージ師に、お茶を出しながらマッサージの極意を教えてもらっているのだそうだ。

「るいちゃん、やっぱエッチ足りてないよ。ここ、固いもん、エッチのツボ。エッチが足りてる女は、この辺ホンワカやわらかいもん」

「いい加減なこと言って……」

「るいちゃんの心も体も、鈴木行を痛いくらい望んでるよ。体にそのことが現れてるもん」

「それは違うわ、忘れようと願ってます」

「忘れられないくせに」

「いつか忘れてみせる」

「ダメだよ、せっかくここに戻って来たんだから戦わなくちゃ」

「けしかけないでよ」

その時、玄関のチャイムが鳴った。

「スズキコーだ！」

「やめてよ」

「私が代わりにぶん殴ってやるね」

愛子が玄関に出て行った。行のはずはないと思って、るいはベッドに寝たままでいた。すると、

「バカヤロー、心配すんだろ！」

という亮の声がし、バシっという音がして、キャーという愛子の悲鳴が続いた。

亮が愛子を殴ったのか。何ということを！

るいが血相を変えて玄関に走り出てゆくと、愛子が亮に抱き締められていた。

「あら……」

まったく予想外の光景だった。

愛子がるいに向かって舌を出した。

「亮、ちょっと上がって行きなさい」

「うっせーな」

亮が反抗すると、すかさず愛子が言った。

「うっせーなんて言うな！　るいちゃんは、あたしにやさしくしてくれたんだよ。ここで暮らしてもいいって言ってくれたんだ。あんたがあたしの男なら、お礼くらい言いなよ」

愛子の言葉に納得したのか、亮は憮然《ぶぜん》としながらも家の中に入って来た。

それから亮は、愛子の作った料理を美味しそうに食べた。その光景を見つめながら、行は私の手料理なんか一度も食べたことがないということに気づいた。

料理や身の回りの世話をするのが女の仕事ではない。しかし、手料理を食べさせたこともないという事実は、行とるいの歴史の浅さを物語っていた。

愛子と亮も、私と行に似たような年齢差がある。でもこのふたりには歴史がある。

「亮はしあわせね、愛子さんがお料理上手で」

「こいつ、他に取り得ないから」

「何なの、その言い方！」

「るいちゃん、叱らないで、もういいんだ、迎えに来ただけで」

「そうだよ、さんざん探したんだぜ。お袋のとこに隠れてるなんてよ」

「ごめんね……ここまで来たってことは、帰って来て欲しいんだってことだもんね」

「わかってんじゃねえか、バカヤロウ」

愛子はやはり、亮と暮らしたいんだ。もう何もかも水に流しているんだ。

それから亮と愛子は顔を見合わせて「ふふふっ」と笑い合った。

「ごめんね、るいちゃんの家政婦やろうと思ったんだけど、出来なくなっちゃった」

「いいわよ、愛子さんがそれでいいなら」

「また料理と掃除しに来るからさ。負けたらダメだよ」

それからふたりは、肩を寄せ合うようにして帰って行った。ふたりを見送り、玄関に鍵をかけると、るいはその場にうずくまりそうな気持ちになった。

あんな不出来な息子でも、愛する人を迎えに来る。それなのに行は来ない。私を探そうともしない。こんなに近くにいるのに、あまりにも遠い。

今、我が家の明かりを見て、あの人は何も感じないんだろうか。

るいはその晩、携帯の着信拒否を解除して、行からの連絡を待った。

あの人は家に戻っていないんだろうか。家を出たんだろうか？　そんなに簡単に行くはずはない。やっぱりここに戻って来たことは間違いだったのか。

ただ、漠然とした不安とやりきれなさが、るいの体を覆っていた。

翌日、そんなるいの気持ちを見抜いているように、秋夫から会社に電話があった。

その夜、るいは秋夫の指定したレストランに出向いた。

シャンパンのグラスを合わせた途端、秋夫が言った。

「日本にいるのがイヤになってね、父の故国イギリスでしばらく暮らそうと思うんです」

「クリニックはどうなさるんですか？」

「若い者が育っていますから、それは心配ありません」

「あちらでも小説はお書き下さいますよね、新海社にまだお原稿を頂戴していませんもの」

「傍にいて、僕だけの編集者になってくれませんか？」

それは一緒にイギリスに行って欲しいということか。

「編集者として申し上げれば、日本にいらした方がいいと思いますけど、大事な時ですし」

「秀月先生から逃げるようでみっともないですかね」

「そういう意味ではありません」

「秀月先生の嫌がらせなんか、ものともせずに生きたらいいという自分もいます。傷ついているあなたにも、そう言って励ましたい自分が……。でも一方で、静かな所であなたと暮らし、ささやかに書きたいものを書くのもいいかなと思う自分もいるんですよ。もう若くないですから」

そうだ、私ももう若くない。あんな若い男を愛する体力なんかもうないんだ。

「ちょっと前までは年を重ねることが楽しみでした。二十代より三十代、三十代より四十代の自分の方がいいと思えましたから」

わかる、本当にそうだとるいも思った。

「でも五十代を過ぎたら、突然老いることが怖くなってね。過ぎ行く時間を思うと、るいさんと寄り添いたい。そんな自分の本音が思わず見えてしまったんです。まだ四十代のあなたには、わからないかな……」

「いいえ、わかります」

「もしそうなら、並んで生きてゆきませんか。ふたりなら、年を重ねることが怖くないかもしれないから。急ぎませんので、考えておいて下さい」

「うれしいです……猫連れて行ってもいいでしょうか」

何を言っているんだろう。私はあの人から逃げたいだけなんだ。それなのに、こんな返事をしてしまって。

「言ってみるもんだな」

秋夫が少し驚いた顔で、でもうれしそうにるいを見つめた。

るいも曖昧な微笑みを返した。

イギリスに行けば、何もかも諦められる。こんな優しい大人の愛に包まれていれば、あの人のことも忘れられる。

レストランで食事を済ませた後、るいは誘われるままに秋夫のマンションを訪れた。このまま杉並の家に帰れば、また昨日の自分に戻ってしまうと思ったからだ。

積極的に秋夫のものになりたいと思ったわけではないが、後戻りするのが辛かったのだ。

夜景を見下ろせる高層マンションのリビングで、るいはデザートワインをふるまわれた。

トカイの貴腐ワインの味は、殺伐としたるいの心に染み入る甘さだった。

「このマンションも売ってゆきます」

るいも大きな窓から杉並の方を指さして、

「私の家、あの辺なんですけど、イギリスに行くなら、私も売ってゆきます」

るいのその言葉を聞いた後、るいの背中に立っていた秋夫の両手がるいの肩を包み、それからるいの上半身を抱き締めた。

こうなることはわかっていた。こうなることを望んでいた。だから秋夫の自宅までついて来たんだ。秋夫の腕が、るいの体の向きを自分の方に回した。るいは逆らわずその力に従がった。

秋夫の顔が近づき、その唇がるいの唇に重なった時も驚きはしなかった。でも、行との時のような胃のあたりがシュワっとするような感動はなかった。

秋夫も自分のキスが、るいにとってイヤでもないがうれしくもないものだったのだと感じたのだろう。ふと考え込むような顔をした。

「すみません……」

先生を好きになりたいんですけど……と続けようとしたが飲み込んだ。

「無理はしないで下さい」

秋夫は、函館に行った時と同じように穏やかに言い、

「もう一度、飲み直しましょう」

と、ベランダにるいを残してリビングに戻って行った。

それからどうやって秋夫の自宅を辞したのか覚えていない。

気がつくとタクシーの後部座席に、深く身を沈めていた。

行さん、あなたでないとイヤ。あなたでないと……。

心が泣き叫んでいるのがわかる。

運転手に見られるのはイヤだったが、るいはあふれる涙を止めることが出来なかった。

自宅の前でタクシーを降り、隣家の明かりを見ないようにしながら、玄関の鍵を開けようとしたが、涙でかすんでいるのか、鍵穴に鍵が入らない。持ち直そうとしたら、足元に鍵が落ちた。

何やってんだろう、情けないと思いながら、しゃがみこんで鍵を拾っていたら、

「るいさん」

という声がした。行の声だ。

この声を聞きたくて、昨夜も携帯を握りしめていたのに、どうしていいかわからない。

行の気配がるいの背中に向かって近づいて来る。振り返って抱きつきたい。そう思っているのに、るいは玄関のドアを開けて、そのまま家の中に逃げ込んだ。

だが、行もすかさずドアをつかみ、るいに続いて玄関の中に入り込んだ。

「るいさん」

もう一度、行が呼びかけた時、るいはもう、行の腕の中にいた。

あなたでないとイヤ！

るいは心の中で叫びながら、行の体に腕を回した。

抱き締めて、もっと、もっと、もっと。

るいも力一杯行の背中を抱き締めた。今までになく激しく強く。

「どうしたの？　何があったの？」

と行が耳元で問いかけた。

「なぜ私を迎えに来ないの？　信じろなんて嘘ばっかり！　イギリスに行っちゃうから」

駄々をこねる子供のようにるいは行にすがって言った。

「行さんでなきゃイヤなのに！」


ＧＰＳ機能つきの携帯を行に持たせてから、万理江は行の帰りがわかるので、それだけは気持ちが楽だった。会社にいるか、帰宅の途についたか、それがわかるだけでもいい。

今夜も自宅に向かっていることがわかってから、夕食を温め出した。

ところがＧＰＳが自宅近くまで来ていることを示しているのに、行が帰って来ない。最近仕事がハードだから、家の近くで倒れていたりしたら大変だと思い、万理江は外に出てみた。

でも行の姿はない。駅に向かって歩いてみようかと思った時、万理江は隣家のすりガラスに人影が透けているのに気づいた。

ガラスの向こうで、ふたつの影が重なってひとつになった。

男と女が抱き合っているということが、万理江にもわかった。女は恐らく隣家のるいだろう。るいが昨日から戻っているらしいことは知っていたが、男の人と一緒に帰って来たんだろうか。

ガラスの向こうの影は、何秒か後に消えた。

万理江はるいの家の間取りを知っている。

玄関のところでキスをして、それからふたりはリビングのソファーか、二階のベッドルームに向かったんだろう。

隙がなくいつも男なんか関係ないわって顔してるけど、やる時はやるんだ、あの人も……と思うと、万理江はるいの相手に俄然興味が湧いた。

ふと見ると、玄関のドアが半開きになっているではないか。

万理江は吸い込まれるように、るいの家に近づきドアに手をかけた。

こんなことママが知ったら、どんなに嘆くだろう。昨日長崎に帰っていて、本当によかった。

そんなことを考えながら、万理江はレタスの世話で入りなれたるいの家の玄関に立った。

玄関からリビングは真っ直ぐ前に開けている。

その日、そこで見たものを、万理江は一生忘れないだろう。

リビングのソファーの上にるいが仰向けに倒れており、その上には夫の行がのしかかるようにまたがっていた。

万理江は何かで頭を思いっきり殴られたような衝撃を覚えたが、すぐにしゃがんだ。立っているとふたりに見えてしまうと思ったのか、立っているのが辛かったのか、咄嗟に自分が何を考えたのかよくわからない。

しゃがんだまま、「行さん」と夫に呼びかけるるいの声を聞いた。

「好きだよ」という夫の声が続いた。

何なんだ、これは？

私は誰なんだ？

そこで叫べばよかったと後で思ったが出来なかった。

レタスが玄関に出て来たので、万理江は体をかがめたまま玄関の外に出た。私がこんな風にコソコソすることないのにと思いつつ、レタスにニャーと鳴かれたら困るという思いだけで、外に出て来たのだ。

家に戻ると、薄っぺらいしあわせの象徴のように、ピンクのバラのカーテンが風に揺れていた。

翌朝の八時に行は自宅に戻った。

隣家を見つめながら、万理江は一睡もしないで朝を迎えたので、きっと目の下に隈《くま》が出来ていたと思うけれど、行は私の顔なんかにまったく興味を示さず、

「ごめん、すぐ出ないといけないから」

と、着替えに寝室に入って行った。

「朝ご飯食べて行く？」

いつもと変わらぬ調子で話しかけたが、いらないと首を振り、シャワーを浴びに風呂場に入って行った。

朝までるいと愛し合った体を流しに行くんだ。やっぱり私に失礼だと思ってシャワーをあびるんだろうか。男の気持ちってわかりにくい。

私を抱く時には見せたこともないような情熱的な表情で、行はるいを抱きしめていた。

あの長い指がるいの頬を大事そうに包んでいた。それを思い出すと、何が何だかわからなくて、悲しいというよりボーっとしてしまうのだ。

それでも寝室に置きっぱなしになっている行の鞄の中を何となくさぐってはみた。

そしてGPS機能つき携帯を取り出し開いて見た。暗証番号がわかっているのは、自分が渡したこの携帯だけだ。私が暗証番号を知っている携帯で、隣家のるいとメールをするとは思えないけど、でも何となく見てみた。何か見ないといられない気分だったからかもしれない。

携帯の中には、弁護士の柏木とのメールがいくつか残っていた。思った通りるいのメールはない。

『会社のPCに送ると記録が残るので、鈴木が普段使っていない携帯にメールをした。顧問弁護士として、長年の同志として伝える。今回のコモン証券の株取得は、金商法違反となる可能性が高い。金融庁も見過ごさないだろう。やめるべきだ。金融王子として一世を風靡《ふうび》しているお前を挙げるとなると、東京地検特捜部は血眼《ちまなこ》になるぞ』

『金商法違反だという君の指摘はよくわかる。しかし、しがらみに搦《から》めとられて人生を突破できない僕には、ネット証券のトップとなることでしか、この壁を越えられない。これ以上、何も言わず見過ごしてくれ』

柏木弁護士と行のメールは、万理江にはむずかしくて何のことだかわからなかったが、何か恐ろしいことを行がやろうとし、それを柏木弁護士が止めているのだということだけは理解できた。

万理江は行のメールを自分のPCに転送し、その記録を行の携帯から消した。

自分でも驚くような素早い行動だった。

私って、こんなことが出来るんだ。震える手でメールを転送しながら、万理江は自分自身に驚愕した。

シャワーから出て来た行は、M&Aのことでしばらく会社に泊りこみになると言い、着替えを沢山旅行鞄につめた。出がけに、

「朝ご飯くらい食べて行けばいいのに」

ともう一度言うと、さすがに悪いと思ったのか行は、

「体大事にしろよ」

と言って、見慣れたやさしい微笑みを浮かべた。

メールを見てもわかるように、会社が大変な状況なのは本当だろう。でも、本当に会社に泊るかどうかわからない。今夜お隣さんが戻って来なければ、ふたりでどこかに泊ったってことだ。

妻が妊娠中に夫は浮気をすると聞いたことがあるけれど、本当なのだ。

隣家のるいはいい年をして、信じられない最悪女だ。

私が妊娠していることを知りながら、十七歳も年下の夫を自分の家に連れ込んで誘惑するなんて。

昨夜、ふたりを目撃してから八時間を経て、はじめて万理江は内臓が突き上げて来るような激しい怒りを感じた。


行はその朝、自宅に戻って着替えを持ち、今度こそ家を出るとるいに告げた。

愛子に背中を押されてこの家に戻らなかったら、行と再び愛し合うことはなかっただろう。これは運命なんだ。この運命に従がってみよう。

隣家の若妻の顔を思い浮かべると気持ちはひるんだが、万理江に対する同情は私の傲慢《ごうまん》だと思い直した。

私も私の人生を諦められない。だから前に進もう。あの人を私のものにする。

あの人の息づかい、あの人のまなざし、あの人の声、あの人の腕の力、あの人の張りのある肌、長い指、優柔不断な心、あの人の人生、あの人の命……それらがなければ、私のこの先の人生はない。

バスルームの鏡の前で、るいは自分に言いきかせ、しっかりとうなずいた。

6

会社に出る前にるいは秋夫のクリニックを訪ねた。

白衣を着た秋夫に会うのは初めてだった。

「昨日は申し訳ありませんでした。秋夫先生には心から感謝しております。本当にやさしくしていただいて」

そこまで言うと、秋夫が苦笑しながらるいの言葉を遮った。

「わざわざ謝りに来たの？」

「謝るというか……このままではいけないと思ったものですから」

「律儀ですね」

「あの……実はわたし」

「それ以上は言わないで下さい。いい思い出が霞んでしまう。函館は僕も楽しかったですから」

「すみません」

「僕はイギリスには行きます。あなたも元気でやって下さいね」

るいは下を向いたままうなずいた。

「この年になると別れは辛いものです。あなたがそうならないように祈っていますよ」

秋夫のいつもと変わらぬ静かな口調とその言葉は、るいの胸に深く届いた。

そして、秋夫を選ばなかった自分の危なげな決断を恐れながらも、元には戻れないのだという思いを強くした。

その夜、るいはホテルに部屋を取り、『着替えを持って家を出ました』という今朝のメールを何度も見直しながら、行が訪れるのを待った。

モンディアーレ証券はコモン証券とのM&Aの最後のつめに入っていると話していたから、何時になるかわからない。行を待ちながら、るいは本を読んだりパソコンを開いたりしたが、何をやっても頭が集中しなかった。

行は十時過ぎにやって来て、ドアを開けるなりるいを抱き締めた。そのはじけるような若さを、るいはいとしく思った。十七歳も年上の私を、こんな風に求めてくれるなんて……るいはこのまま死んでもいいと、その瞬間思った。

この夜から、行はこれまでよりくだけた口調で話すようになった。

「今日は元気だったね」

「どういう意味？」

「大きな声出していたからさ」

「ヤダ！　どうしよう……」

「かわいかったよ」

るいは思わず布団にもぐった。まるで十代の少女のような自分の振る舞いに戸惑いながら。

そしてそんなしあわせの中で、るいは家でひとりぼっちでいるレタスのことを思い出した。

「帰らなきゃ……レタスがお腹すかせてるわ……」

行は呆れたような声を出した。

「今から帰るの？」

「だって、レタスを守るのは私しかいないんだもの」

「僕にも、るいさんしかいないよ」

るいは言葉に詰った。

「信じてくれないの？」

るいは返事ができなかった。信じていると言えば信じている。でも、本当に何もかも信じているかどうかはわからない。

あなたはまだあの人の夫だし、妻のお腹の中では子供が着々と育っている。あなたは死ぬまで、その子供の親であることに変わりはない。絶対に私だけのものにはならないのだ。とても深く愛しているけど、心から信じているかと言われれば、答えに困る。それがるいの正直な気持ちだった。

「ごめんね……でも、るいさんと一緒に生きるよ、ずっと一緒に。レタスに餌やったら戻って来て。待ってるから」

行は甘えたような表情で、再びるいを抱き寄せた。

るいがタクシーで自宅に戻ったのは、深夜の一時を過ぎていた。

「レタ君、ただ今、お腹すいたでしょう？　ご飯にしよう」

るいは空になったレタスの餌の皿を新しくし、水も取りかえて、一杯の餌をやった。だが、いつもならるいが玄関を開けると飛んで来るレタスが姿を現さない。こんなに遅くまで待たせたから怒っているんだろうと、るいは思った。

「レタ君、許して」

どこかで眠ってしまっているんだろうかと思い、るいは寝室やバスルームやキッチン、クローゼットや戸棚の中まで開けてレタスを探したが、見当たらない。

次第にるいは不安になった。

「どこ行ったの？　レタ君？　お母さんよ、出て来て、お願い」

るいは外までレタスを探しに出た。

自分が外出する時は家から出さないようにしているのだが、万が一のことを考えて、家の周りを探し回った。深夜なので近所に遠慮しながら、小さな声で「レタ君」と声をかけながら駅の近くまで探し回った。

行が待っているホテルに戻りたい。でもレタスが見つからないと戻れない。るいは焦りと心配で呼吸が苦しくなった。

その頃、万理江はリビングのソファーに横になり、深夜のドラマを見ていた。

足元で、猫のレタスが怯えたようにうずくまっている。もう二十時間くらい餌を与えられていないからお腹がすいているだろう。でも餌はやらない。一日二日食べなくたって死にはしない。

私だって寂しいんだから、レタスも寂しくひもじい思いをすればいい。

万理江はそう思いながら、時々足元のレタスを見下ろした。

今朝、るいがウエストのキリッとしまったタイトスカート姿で、颯爽と出勤してゆくのを窓から見つめながら、この図々しい女がどうやったら傷つくだろうかと考えた。

夫はいつか取り戻してみせるし、取り戻せれば怒りも消える。でもあの女は一生許さない。

それから何時間かして、新聞の集金の人にお金を払っていたら、るいの家の庭にレタスの姿が見えた。

滅多に庭には出ないのに、どうしたんだろうと思った時、猫を殺してやろうと思いついた。

大事にしているものを失う哀しみを、あの女にも与えてやろう。

万理江は隣家の垣根を乗り越えて、庭で遊ぶレタスを捕まえた。万理江にはなついているレタスは、抵抗もせずに万理江に抱きかかえられた。

かわいそうなレタス君、あなたには何の罪もないけれど、あなたの飼い主があまりにも酷い人間なので、あなたがその罰を代わりに受けるのよ、と万理江はレタスに語りかけた。

自宅に連れて来ると、さすがに勝手の違う場所にレタスは落ち着きを失った。

万理江はそんなレタスを見つめながら、どうやってこの子を殺そうか考えていた。

首を絞めるのが一番よいような気がする。でも抵抗して暴れるだろう。軍手を買って来ようか。皮の手袋なら持っているけれど。包丁で頸動脈を切ろうか。でも、血が飛び散るだろう。ピンクの壁紙に血のしみがついたらやっかいだ。毒殺するのはどうか。でも苦しんで鳴き喚いたら困る。嘔吐されても掃除が大変だ。

そうだ！　餓死させればいいのだ。それが一番穏やかな殺し方で、私自身傷つかない。でもどれほどの間、餌をやらなければ死んでくれるんだろう。途中で行が帰って来たりしたらややこしくなる。

万理江はあれこれ思い悩みながら、半日を過ごした。

その夜は早く寝た。どうせ夫は戻って来ないだろうし、起きていると苦しいだけだと思ったからだ。

母が置いて行った睡眠導入剤を生まれて初めて飲んでみたら、とろけるように眠りについた。すごい薬だ。朝起きても、まだ薬が残っているみたいにダルかったけれど、眠っている間は何もかも忘れていられるから楽だ。この薬にハマってしまいそうだと万理江は思った。

レタスが空腹を訴えるように万理江の足元にまとわりついて来たので、蹴飛ばしてやった。こんな風に残酷に動物に接したのは初めてだ。

カーテンを開けると、表の道を、るいが血相を変えて走って行くのが見えた。

へえ〜、戻って来ていたのか。それでレタスがいないことに気づいたんだ。きっとあちこち探しているんだろう。

しばらくしてるいが疲れ果てた顔で戻って来たので、わざと玄関前の掃除をするような顔で外に出て行った。玄関前の掃除なんかしたことないのに。

「おはようございま〜す」

思いっきり明るい声でるいに語りかけてみたが、るいは黙っている。

「どうかなさったんですか？　顔色悪いですけど」

追い討ちをかけるように聞いてやった。

「いえ、何でもありません」

あんな女でも、後ろめたい気分はあるんだろうか。

それにしてもなぜレタスがいないって言わないんだろう。

行の妻である私とは口を聞きたくないのかな。そんなに行のことを愛してしまったんだろうか。

もっと苦しめばいい。あなたのせいでレタスは死ぬんだ。死体を庭にほうり込んでおこう。

残酷なイメージが次々と浮かび上がって、万理江の心を占領した。

保健所にも警察にも届けたが、レタスは見つからなかった。

以前と違うウイークリーマンションを行とるいは借りたが、るいは毎日自宅に戻ってレタスを探し続けた。

行に抱かれていても、行が私を選んだからレタスがいなくなったのではないか、罰が当ったのではないかという思いがこみ上げて来る。

数日後、新海社にるい宛ての郵便物が届いた。差出人の名前はない。

開封すると、一枚の写真が足元に落ちた。写真はるいの顔写真で、目の部分が千枚通しで刺されたようにくりぬいてある。目がつぶれている自分の顔はおぞましいものだった。

今、私を苦しめたい人間は誰か、とるいは考えた。思い当たるのは秀月しかいない。しかし、秀月はこういう嫌がらせをするタイプではない。新海社から全作品を引き上げるというような大胆なことをする秀月が、このような姑息《こそく》なことはしないだろう。

だったら誰が私を恨んでいるというのだろう。

考え込んでいるるいの元に、役員室担当の秘書が来た。

「ちょっといいですか？」

元秘書に声をかけられて、るいは我に返った。

「なあに？」

「今、鈴木行さんの奥様から役員室に電話があって、中村さんのお宅の猫が庭に入って来たので、一応お預かりしていますって言うんです。総務におつなぎしようと思ったら、切れてしまって」

るいは秘書に礼を言うと廊下に飛び出し、エレベーターを待つ間も惜しんで非常階段を駆け上がり、屋上に出て万理江に電話した。

「痩せてボロボロになっちゃってるんですけど、間違いなくレタ君だと思うんですよね。どうしちゃったんでしょう。行方不明だったんですか？」

万理江ののどかな声が聞こえた。

「なるべく早く帰りますので、それまで預かっておいていただけませんか」

「いいですよ～」

「よろしくお願いします」

携帯を切ると、うれしさのあまり涙がにじんだ。レタスは生きていた。隣家に保護されたということは、家の近くにいたんだ。本当によかった。

万理江に会うのは嫌だったが、レタスを引き取らなければならず、るいはその夜、杉並に戻った。

「どうぞ、お入りになりません？　主人まだなんで」

「いいえ、これで……本当にありがとうございました」

この一週間で半分くらいに痩せてしまったレタスを抱いて戻り、郵便ポストから郵便物を出して、るいは自宅に入った。

この子を置いて行ったのが間違いだった。行との暮らしにレタスを最初から合流させるべきだった。

「ごめんね」

るいは何度もレタスに謝り、ご褒美の時にしかあげないレタスの大好きな猫缶を与えた。

それから郵便物を開いた。何通もの封筒の中に、また差出人の記していない封筒がある。いやな予感がした。

案の定、その封筒からは何枚もの写真が出て来た。今度はずたずたに切られた写真である。写っているのはウイークリーマンションの玄関を出入りするるいと行の写真や、ふたりがコンビニで買い物をする姿などを撮ったものだった。

行の顔もるいの顔も、鋏の先かカッターの先でこすったように傷がついている。

私を恨んでいるのは秀月しかいないと思ったのは大間違いで、あらゆる人に自分は恨まれ嫌われているに違いないと思った。

会社の中にも私を嫌っている人が多いのだろう。万理江に行とのことが知られているとは思えないが、万理江だってこのくらいのことはするかもしれない。あんなにいい人だと思っていた秋夫だって……。

この家にいるのは危険だ。これからもっと恐ろしいことが起こるかもしれない。

るいは急いでレタスをバスケットに入れると、家を出た。

ウイークリーマンションに着くと、もう行は帰っていた。

「ここも危険だな。明日、部屋を借りよう」

るいは力なくうなずいた。こんな心細い気持ちを全身に現したことは生まれて初めてだった。


レタスを殺そうとしたけれど、やっぱり出来なかった。

小さい時に長崎の家で飼っていた猫達の顔が浮かんで来て、彼等がマリちゃん、そんなことやめなって言っているように思えたからだ。

行が帰って来るかもしれない夜になると、レタスを納戸に入れてハラハラするのも疲れたし、突然思い立って新海社に電話してしまった。

復讐は違う形でしよう。生き物を相手にするとこっちも疲れる。

るいはまったく私を疑っていないようだ。間抜け女だと万理江は思った。

辣腕編集者なんて言われて雑誌なんかに出ているけれど、何にも見えていないし、想像力もない。若い男に狂うただのオバサンじゃないか。

あんなオバサンの方がいいという夫の気持ちもわからなかったが、多分、行はあまりにもエリートで、これまで順調に生きて来過ぎたから、奇妙な刺激に弱いんだろう。十七歳も年上の女の人とセックスするなんて突拍子もないことは、彼の人生になかったことだもの。私の人生にもないけれど……。でも人は時々、誰もしないような変なことをしたくなるんだろう。私がレタスを殺したくなったように……。

そのうち行も目が覚めるに違いない。でもそれまで黙って耐えているほど私は忍耐強くない。

万理江は夫の気配が消えて久しいリビングで、じっと考え込んだ。

翌日の夜、ひとりで冷凍ピザを焼いて食べていたら行が戻って来た。夕方に行が帰って来るなんて、新婚の頃だってなかったのに、どうしたんだろう？

「離婚しよう。頼むよ」

行はリビングに入って来るなり頭を下げた。頭は下げているが顔は厳しい表情だ。

「赤ちゃんどうするの？」

「そのことも話し合おうと思って。逃げる気はないから」

「一緒に育てないなら逃げてるのと同じじゃん」

「君とは暮らせない。だから子供も一緒に育てることはできない。でも」

「じゃあ死んで。行クンがこの世からいなくなったら、わたし諦められる。赤ちゃんもひとりで育てていくから、死んで、今死んで」

「そういう極端なことを言うなよ！」

「行クンがいけないのよ！」

「何度も言ったけど、君と僕は合わない。違う道をゆく方がお互いのためだ」

「死んで、死んで、死んで」

万理江が繰り返すと、行はうんざりした顔でソファーに腰を落とした。

「ビール飲む？　ご飯作ってないんだけど、ピザ食べる？」

死んでと叫ぶのをやめて、万理江は突然いつもの声に戻った。

「君はそうやって、この先も一生僕と暮らしてゆけるのか。気に入らないとすぐ死ぬとか死ねとか叫んで。そんな風で子供なんか育てて行けるのかな」

「行けるわ、誰でもやってるもの」

「君が僕と話し合うつもりがないなら弁護士を立てるよ」

「柏木先生？」

それには答えず、行はベッドルームの方に入って行った。着替えを持ってゆくつもりなんだろう。

万理江は行を追いかけ、ベッドルームのクローゼットにかかっている行のネクタイを何本かまとめて取り出し、それらの端を結んでつなぎながら、

「天井にぶら下がる所ないから、ドアノブにネクタイひっかければ？　二本か三本つないであげる。私も見てててあげるから」

行は万理江の言葉に表情を変えず、荷物を持つと出て行った。

万理江はネクタイをつなぎながら、再び行を追いかけた。

行はバスルームの鏡の横の棚からヘアーワックスか何かを出そうとして、ふと手を止めた。戸棚の上の段に置いてある生理用ナプキンのビニール袋が破けて、今、中身を取り出したような形になっている。

それを見つめている行を見て、万理江は息が止まった。

マズイ、行が帰って来なくなって油断していた。妊娠したと思った時、クローゼットの奥に生理用品は片付けたし、そのことを嬉々として行にしゃべってしまった。それなのに、何となくバスルームに戻してしまったのが甘かったと思ったが、もう遅かった。

「妊娠してるって、本当か？」

行に聞かれたが、動揺してはならないと思い、黙って行を見つめ返した。

「これ何だよ」

行が生理用ナプキンを指さした。

「前にもおかしいって思ったことあったんだけど……」

「何でそんな嘘つく必要があるの？」

「こっちが聞きたいよ」

「子供作るために行クン、私とエッチしたでしょ、忘れたの？　逆立ちし過ぎると頭の血管切れるよって言ったでしょ、それなのに何で私を疑うの？　行クンにそんな疑いかけられたら、ショックで赤ちゃん死んじゃうから！　人殺し！　行クンは今だって殺人未遂しているようなものよ」

もう話すことはない、弁護士を間に立てようと言って、行は出て行った。

万理江は放心したようにしばらくその場に立ち竦んでいたが、決意を固め、心の中で何度も繰り返した。

「あのふたりに勝手なことはさせない。絶対に引き離してあげる」

『出版界の鉄の女、若い男と熱愛生活。年の差17歳の大胆不倫』

という記事が写真週刊誌に載ったのは、それから半月後のことだった。

その日、るいが会社に出社すると、総務部に役員秘書が来て、すぐ社長室に来るようにと言う。

何事かと役員室を訪ねると、向井がるいの前に週刊誌を広げた。そのページにはるいと行のさまざまな写真が何枚も載っていた。かつてるいの自宅にも送られて来た物と同じ写真もある。

目を丸くしているるいに向井が言った。

「やるもんだね」

「申し訳ありません。会社の品位を傷つけました。どのような処分も受けます」

「また辞めるなんて言うなよ」

「社長のお気持ちはうれしいですけど……」

「行儀のいいことを言うな、るいらしくもない。俺は君がまだ知らないといけないと思って、教えてやっただけだ」

「……すみません」

「出版は人の心を扱う危うい仕事なんだ。いいとか悪いとかでは計りきれないことをやってるんだろ、俺達は」

「そうですけど……」

「るいがどんな恋愛をしていようと関係ないね。るいはるいにしか出来ない本を作ればいい。恥かきながらでも、誰にも出来ない本を作れば」

「私は作家じゃないですから」

「作家を自由に羽ばたかせる才能は一流だ。胸を張れ。今度のことで俺は一段とるいが好きになったよ。俺も異端だからさ」

向井がふと恥ずかしそうな表情を見せた。こんな顔見たことないとるいは思った。

「カミサンと結婚した時は気づかなかったんだけど、俺、男の人が好きなんだ。俺の夢は、愛する人と故郷の長野でレストランをやることなんだよ」

「レストランですか……」

向井は出版一筋の人生じゃなかったのか。

「知ってるだろ、レストランタクミのオーナー」

「児玉さんですか」

「彼と暮らしているんだ」

「え――っ！」

思わず大きな声を出してしまった。目の前におかれた写真週刊誌もるいにとって衝撃的だが、向井の発言も同じくらいの驚きがあった。

「カミサンも子供ももう諦めてる。勝手にしろってねえ」

「盲腸で入院された時、児玉さんがいらしたので、ちょっと妙だなとは思ったんですけど……」

「驚くことないだろ、るいも異端なんだから。俺の新しい夢のためにも、早く立ち直れよな。社員に対しては、あんた達に私みたいな大胆な恋愛が出来るかって顔してればいい。人の噂も七十五日だ」

向井は最後に、これから鈴木行の本はますます売れると大笑いし、タクミのことは内緒ね、隠すつもりもないけど、徐々に行かないとねと言った。

向井の太っ腹な対応はありがたいとは思ったが、その日から廊下を歩くるいを見る社員の目は明らかに変わったと感じた。

亮が会社にやって来たのは、その日の昼過ぎだった。

会社の近くでランチをご馳走しようと思ったら、

「そんなもん食えねえよ」

と言い放ち、憎しみに満ちた目でるいを見すえた。

「お前、何でそんなに自信あんだ？」

亮にお前と言われたのは初めてだ。しょうもない息子ではあったが、私をお前と呼んだことはない。るいは血が凍るような気がした。

「息子を愛したこともないくせに、息子みたいな男とイチャイチャしやがって。図々しいよな。男と別れろよ。そしたら俺は生まれて初めてお前を信じてやるよ。出来ねえだろ、だから俺はお前を許さねえ、一生許さねえから」

亮は言うだけ言うと、新海社の玄関の壁を蹴飛ばして帰って行った。

亮の父親は養育費も送って来なかったから、仕事をしないと生きられなかった。だから両親に亮をたくして働いた。でも、あの子に寂しい思いをさせないように精一杯やっては来たつもりだった。

子供の頃の亮は気の優しい子で、誰よりもるいのことを理解してくれていると思っていたのに、いつしか亮の心にるいへの憎しみが育っていた。

その夜、行に抱かれながら、やはり私には母性が欠落しているのだと、るいは感じた。女として大事なものが欠落している。でも行のことは好きだ。それは私の身勝手で、世間からも亮からも糾弾されなければならないことはわかっている。それでもこの人を失うのはイヤだ。そう思って行の体に回している腕の力を込めると、行が言った。

「ごめんね、こんなことになっちゃって」

「謝らないで、行さんのせいじゃないわ。わたしより、そっちの会社は大丈夫なの？　コモン証券とのM&Aに影響しない？」

「大丈夫だよ。るいさんもモンディアーレ証券も、僕の大事な人生の目標だから、絶対に諦めないし、やりとげてみせるよ」

「置いてゆかないでね」

「置いてゆくわけないだろ」

「何でかしら……しあわせだと思うのと同じくらい不安になるわ……」

「大丈夫だよ、僕らはもう離れない。るいさんの傍に、ずっといるよ」

そうだ、もう失うものはないから、誰に何を言われても平気だ。行さえいたら……。

でもなぜか、その行がどっかに行ってしまいそうで、るいは不安だったのだ。

そしてるいの予感が現実になるのに、そう時間はかからなかった。


週刊誌が出てから、様々な後追い取材が万理江の元に来て、朝から晩までインターフォンを押した。

万理江の計画通りだ。

「週刊誌は見ていません。夫を信じていますから」

万理江は消え入りそうな声でインターフォンに出て、けなげな妻を演じた。

それから長崎の実家に電話して、流産したと告げた。

この事件で衝撃を受け、子供が流れてしまったと言ったら、両親はすんなり信じた。すぐにも上京するという母も上手に押しとどめた。

「マスコミがピンポンするから、ママは耐えられないと思う」

「マリちゃんこそ、ひとりで心配だわ」

「大丈夫。ひとりでいたいの」

母は父について何も言わなかったが、週刊誌を見た父は行を許さないだろう。誇り高い父は、娘が受けた侮辱を自分のこととととらえるだろう。どんな報復を考えるだろうか。

その前に私の計画が、もっと先まで進んでしまうのだろうか。

東京地検特捜部が家宅捜索に来たのは、翌日の早朝だった。

令状を見せると、十人くらいの人が自宅にどどっと入って来て、行の書斎とリビングから、いろんなものを持って行った。

行の書斎の机の引き出しはほとんど空になり、パソコンまで押収された。リビングからは、ドラマや映画のＤＶＤまで持って行った。どういう意味があるのかわからなかったが、ここでも万理江は静かで哀しい妻を演じた。

検事のひとりが、万理江をちょっと不思議そうな目で見た。その検事の目は、「あなたはこれでいいんですね」と言っているように見えたので、「いいんです」という目で万理江は検事を見返した。何もかも私の思い通り進んでいる。後悔することなんか何もない。

恐らくモンディアーレ証券には、もっと大掛かりな家宅捜索が入っているだろう。どんな思いで行はそれを受け止めているだろうか。あの人がうろたえる顔なんて、一度も見たことないから、見てみたいなと万理江は思った。

元金融庁の金融王子は、今日をさかいに地に落ちる。うまく行けば夫は逮捕され、もういとは会えなくなる。

これまで両親に守られ、夫に守られて生きるのが当然だと思って生きて来たが、ひとりで必死に頭を使えば、いろいろなことが出来るのだと万理江は感じていた。そしてそれはとても新鮮な驚きだった。

万理江が、行の携帯の中で見つけた犯罪をにおわせるメールを、検察庁に見せた時、若い検事が「あなたはご主人を告発するんですか？」と聞いた。

「夫を、間違った世界から引き戻したいだけです」

と、万理江が哀しみに満ちた目で訴えると、検事は、このメールさえなければ、行は罪には問われない可能性が高い。だがこのメールがあると、不正行為の自覚があったことになり、行は罪に問われることになるだろう。こういう立件は検察の歴史でもめずらしいことになると言った。

むずかしい話はよくわからないが、行に法律違反の自覚があったかどうかが、逮捕するかどうかの境目なんだということだけは万理江にもわかった。

前に父が、検察は正義の味方を自認しているから、大物を挙げるのは好きだと言っていたことも思い出した。行はテレビにも出ているし、検察がターゲットにするには派手でいいのだろう。

万理江は自分の携帯にも転送してあった行と柏木弁護士とのメールをもう一度見た。

『今回のコモン証券の株取得は、金商法違反となる可能性が高い。金融庁も見過ごさないだろう。やめるべきだ』

『これ以上、何も言わず見過ごしてくれ』

ほらやっぱり言っている、見逃してくれって。行には犯罪の意識はあったのは明らかだ。このメールに目をつけた私はすごい。

新海社の社員食堂の大型テレビは音を出さないで映像だけを流している。

その日、るいは昼食をひとりで取っていた。総務に行ってから、いつも昼食はひとりだ。総務の社員は元専務のるいと食事をしてもリラックスしないからだろう。だからるいからも誘わない。

今日も定食を食べながら、テレビをぼんやり見ていたら、突然画面に行が映った。行がモンディアーレ証券のビルから、大勢の人に囲まれて出て来る所が映っている。次にアナウンサーが画面に現れ何か言っているが、音が聞こえない。

るいはすぐイヤホンをして携帯のワンセグを見た。

「元金融庁職員で、モンディアーレ証券の鈴木行社長が、金融商品取引法違反の疑いで東京地検に任意同行を求められました」

るいは屋上に飛び出して、行の携帯に電話した。

東京地検に任意同行されたなら電話になんか出られないに決まっている。それでもかけないではいられなかったのだ。

一体何が起こったのだろう。金融庁の官僚で、金融商品取引法の改正を自ら手がけた行が、その金融商品取引法に違反するなんてことはありえない。これは何かの間違いだと、るいは思った。

しかし夕方のニュースは、行の逮捕を告げた。

ニュースによれば、コモン証券とのM&Aに際し、モンディアーレ証券はコモン証券の資産管理会社を買収することによって、コモン証券の株式の五十一パーセントを取得しようとした。本来、上場会社の株式を三分の一を超えて取得する場合は、TOBによらなければならないのに、モンディアーレ証券はそれをしなかった。それが不正だということらしい。

金融評論家としてテレビにも出演しており、ベストセラーも出している行の逮捕を、マスコミはこぞって取り上げたが、るいはまだ理解できなかった。

行は金融のプロなのに、なぜそんなことになったのか。

今頃、行は東京地検特捜部で、どんな目にあっているだろう。そう思うとるいは胸を引きちぎられるような気持ちがした。

会社がひけると、るいの足は東京地検に向かっていた。

この日は寒く冷たい風がるいの首筋を過ぎてゆく。行もきっと寒いだろう、心も体もどんなにか心細いだろう。

面会なんぞ出来ないことはわかっていたが、行の近くに行きたいと思う心を、るいは押しとどめることが出来なかった。

この建物のどこかにあの人がいる。そう思って、るいはいつまでも東京地検を見上げて立っていた。

するとと近づいて来る足音がある。マスコミかと思ってるいは身構えたが、やって来たのは、ピンクのコートに身を包んだ万理江だった。

るいはどんな顔をしていいかわからず、しかし視線をそらすのも情けないと思い、まっすぐ万理江を見つめ返した。

万理江はもう週刊誌も見ているだろうし、行と私のことは知っているだろう。何かにつけて泣き喚く万理江のことだ、新海社に訪ねて来て、るいをののしるくらいのことはするだろうと覚悟をしていたが、万理江は現れなかった。そのことが少しだけ気になっていたことを、るいは思い出した。

「今夜は冷えるらしいんで、セーターと着替え、差し入れして来ました。中村さんに出会ってから、主人は変になったでしょう。だから神様が逮捕させて、あなたから主人を引き離してくれたんだと思うんです」

万理江は小首を傾げて微笑み、方向を変えて遠ざかって行った。

その背中は、あなたは鈴木行の妻ではないのよ、だから差し入れも出来ないのよ、とるいに向かって語っているように見えた。

あの人が愛しているのは私なのに……妻でなければ何も出来ない。

それでもるいは東京地検の中の行の気持ちを思って、私が泣いてはならないと自分に言い聞かせた。

ペットホテルでレタスを受け取り、ウイークリーマンションの前まで来ると、ロビーに雑誌の記者とカメラマンの姿が見えた。私を待っているのだろうか？　相手にしなければいいと思いつつも、るいは前に進む元気が出なかった。

するとるいの携帯が鳴った。愛子からだ。

「るいちゃん、まだ会社？　おにぎり差し入れしようと思ったんだけど」

自分を思いやってくれる愛子の声が、ひとりぼっちのるいの胸にしみ渡った。

その夜、るいはレタスを連れて、愛子の板橋のアパートに世話になることにした。

亮がいやがるだろうと思ったら、亮は出て行ったというのである。

「るいちゃんを鈴木行に取られて、亮は私まで憎くなっちゃったんだよ、きっと。そもそも年上の私と暮らしたのだって、るいちゃんを求めてたからだと思うもん」

あんなに私を憎んでいる亮が、私を求めていたなんて、どういうことなんだろう。

「亮はマザコンだよ。気づいてないの？　亮の腕にマリアのタトゥーがあるの知ってる？」

「知ってるわ」

「あれ、母を求める亮の叫びじゃないのかな。亮はるいちゃんに愛されなかったって思ってるから、大人になっても人を愛することが出来なかったんだよ。私の愛は欲しがったけど、私を愛することはできなかった。だから潮時だったんだ」

「……ごめんなさい……」

「でもるいちゃんは諦めることないよ、鈴木行はもう誰も味方がいないんだから、るいちゃんが愛してやんなきゃさ」

私さえ包み込むような愛子の深い母性を感じ、るいは泣きたくなった。

「泣いてもいいよ。でも泣くよりご飯食べようよ。愛には体力が必要なんだから」

それからふたりは愛子のおにぎりと玉子焼きと大根の味噌汁の食事をし、並んで寝た。

愛子はるいに新品の下着をくれた。

「Tバックしか持ってないのよ、あたし。るいちゃん、まさかヘソ上まである深パンはいてないよね」

「はいてるけど」

「ヤッダー！　鈴木行、何にも言わなかった？」

「別に……」

「じゃっさ、出所して来たらTバックで迎えてやんな」

愛子は声を出して笑い、るいも思わず「そうね」と答えていた。

「彼がこんなことになったのは、私のせいかもしれないわ。金融庁を辞めるって聞いた時、時代の寵児になれってけしかけたのも私だし……打てば響く所がかわいかったのよ。何をやっても私の想像を軽く超えて行ったし……」

「だからセカンドバージンをささげちゃったんだ」

「わたしのせいだわ。何もかも……」

るいは両手で顔を覆った。

「うぬぼれてんね」

愛子が意外な反応をした。

「私のせいなんて言うなんてさ」

るいはドキッとした。それから愛子の言うことは正しいと思った。何もかも私のせいだと思うこと自体が傲慢なんだ。私は何も見えなくなっている。行が好きだということ以外何も……。

「何も考えない方がいいよ、こういう時は……」

また愛子がるいの心を見透かしたように、やさしく声をかけた。

行の逮捕から一週間で、やっと接見禁止の一部解除があったので、万理江は拘置所に面会に出かけた。

現れた行は、すさんだ雰囲気になっていたけれどやつれてはいなかった。もっとやせ細って情けなくなっていると思ったのに、眼光は前より鋭いくらいで、万理江は少しがっかりした。

「今日、また雑誌と着替え、差し入れしといたから」

「もういいよ」

久しぶりに聞く行の声だった。

「こんな俺、もういらないだろ、離婚してくれよ」

「流産したの。安心した？」

行は何も答えなかったが、目が「嘘だったんだ、やっぱり」と言っている。

「離婚してくれ」

「ダメ。死ぬまで離婚はしない。今日はそれを言いに来たの」

そこまで言って万理江は立ち上がると、

「中村るいさんに伝言があったら、伝えてあげるわよ」

と言った。

行は万理江の方に視線を向けてはいたが、その目はもっと遠くの方を見ており、万理江に焦点は合っていない。

結婚した頃は、何時間見つめ合っていても飽きなかったのに……人の心は何でこんな風に変わってしまうんだろう。恋なんて人を堕落させるだけだ。るいと行が恋に落ちたから、行は犯罪に手を染めたんだ。何もかもるいが悪い。あの女は悪魔だ。

家に帰ると、隣家の窓が開いていた。隣家に泥棒が入ったなら喜ばしいことだと思ったけど、そうでもないようだ。

そうか、久しぶりにるいが戻って来ているんだと、万理江は気づいた。そりゃあたまには着替えも取りに来ないと困るだろうし……。

私は今どうするべきか、万理江は最近めぐりのよくなった頭をフル回転させ始めた。


愛子に、自分の家に着替えを取りに行くのに遠慮することはない、私がついて行ってあげるからと言われ、るいは愛子とふたりで、久しぶりに自宅に戻った。

窓を開けて、どんよりした部屋の中の空気を入れ替え、簡単に掃除機もかけた。

愛子は庭の植物に水をやってくれている。

すると玄関のチャイムが鳴った。

インターフォンを見ると、万理江が画面に映っており、

「主人を検察に売ったのは、わたしなの」

と、訳のわからないことを言った。

「わたしのことバカだと思ってナメてたでしょ。ドアを開けてくれたら、全部説明してあげるわよ」

何も話すことはないと言って追い返したい気持ちと、検察に行を売ったという話を聞きたいと思う気持ちがせめぎ合い、結局るいは万理江を家に入れた。

「私達は夫婦だから、行クンが悪いことしてるって、ピピッて感じたの。すぐわかったわ。でも中村さんは何にも気づかなかったでしょ」

「あの人は悪いことなんかしてないわ」

「でも逮捕されたじゃん。行クンはこれで破滅するわ。会社もお金も全部なくなって、あなたともダメになる」

それから万理江は、るいの家の玄関のすりガラスにうつる男女の影を見てから、行の携帯の中に奇妙なメールを発見し、検察に電話したことを、サスペンス映画の話をするようにイキイキと語った。

「私、生まれて初めて人に裏切られたの。一番信じてた行クンと、一番仲良しだと思ってた中村さんに。だから私もふたりに罰を与えてあげたのよ。裏切り者は罰を受けて当然でしょ。ふたりのこと週刊誌に教えたのも私よ。ふたりがつきあってること、ずっと前から知ってたもん」

ずっと前からとはいつからだろう。

「驚いた？　東大出の行クンも、出版界の鉄の女も思ったよりマヌケね」

その時、庭の方から愛子の声がした。

「そんなら妊娠もウソじゃないの」

「誰このオバサン？　あ、前にも見たことあるかも」

「何ヶ月も妊娠してるフリするなんて。大したタマだよ、あんた」

妊娠がウソ？　そんな……。るいは息を飲んだまま声も出なかった。

妊娠がなかったら、行はもっと離婚を早く決断できただろう。それを引きとめていたのは、万理江のいつわりの妊娠だったのか。

「子供は流産したわ。中村るいに子供を奪われたようなもんだって、いろんな週刊誌にしゃべっておいたから、楽しみにしてて」

「猫隠したのも、あんたでしょう」

「そうよ、誰か知らないけど、いい勘してる、このオバサン」

「逮捕されたらいいのは、旦那よかあんただね」

「じゃあ110番でもしたら？　どうぞ。私は何の罪も犯してないから平気よ。主人のようなドジじゃないもの」

万理江と愛子のやりとりにるいは混乱した。

かわいい顔をした世間知らずの万理江が、レタスを隠し、夫と私のことを週刊誌に売り、更に夫を検察に密告するなんて。

「あんたの旦那がるいちゃんを好きになったのは、あんたに心底嫌気がさしたからよ」

「嫌気がさしても、夫は妻を裏切ってはいけないの」

「法律は一夫一婦制の味方かもしれないけど、あんたには決定的に魅力がないっていうスゴ〜イ罪があんのよ。そんなかわいい顔持ってて、そんなピチピチした体持ってて、旦那ひとりつなぎとめられなかったって罪がね」

「そうかもしれないわ、でも私、離婚はしないから。行クンの妻は永遠に私。妻と愛人には身分に差があって当然でしょ」

愛子がるいの背中を叩いた。

「るいちゃんも何とか言いな。黙ってるから言いたい放題言われるんだよ」

「何も話すことはないわ。ただ、たとえあなたが離婚に同意してくれなくても、私は彼を愛することをやめません」

るいはやっとの思いで、それだけは口にした。

「でも妻にはなれないですから」

万理江はるいと愛子を交互に見つめ、それからゆっくり出て行った。

あの恐ろしい目をくりぬいた写真も万理江の仕業なんだろう。あの時、なぜ万理江だと気づかなかったんだろう。絶対に万理江は気づいていないと思っていた自分のおろかさに、るいは愕然とした。

愛子は万理江が出て行った玄関に荒塩をまいている。

「この家売りな。カッコイイ家だけど呪われてるよ、この家」

愛子の言葉を聞いて、るいもこの家を手放そうと思った。自分の力で初めて買った家だったし間取りも内装も気に入っていたが、もうここでは暮らせない。

その日、愛子の家に戻ったるいは、毎日、東京拘置所の行に手紙を書いた。

行の元に届くかどうかは不安だったが、それでも一か八かで書くことにした。語りかけていないといられなかったからだ。

しかし、万理江のことは隠していた。これ以上、行に絶望を与えるのは忍びない。

寒くなったので、体を大事にして欲しいということ。行の本が売れていること、どんなことがあろうとも、自分は行を諦めないということなど、あたりさわりのない内容にした。

保釈金が必要なら、家を売って準備するとも書いた。行は受け入れないとは思うが、万理江の実家は資産家だ。保釈金くらい簡単に出すだろう。そう思うと、るいは一刻も早く杉並の家を売ろうと思った。

新海社に行の弁護士である柏木が訪ねて来たのは、手紙を書き始めて十日ほどした頃だった。

「鈴木は、もう手紙はいただきたくないと言ってます」

「え？」

「家族以外の接見禁止が解除されても、東京拘置所にもいらしていただきたくないということです」

「そんな……信じられません」

「本当です。お気持ちはわかりますが、彼は会わないし手紙も欲しくないと言っています」

「なぜですか？」

「それはわかりません」

「柏木さんは学生時代からのお友達でしょう？」

「個人的な見解は申しあげられません」

冷たい弁護士だった。行の起訴も免れないと言う。それでもあなたは弁護士かと叫びたいような気持ちになったが、それは飲み込んだ。保釈についても、この弁護士と相談しなければならないのだから、喧嘩をしてはならないと、少しだけ残っているるいの冷静な心がささやいたからだ。

女性週刊誌が哀れな万理江が流産したという記事を載せ、男性向けの週刊誌は、金儲けに目のくらんだ元エリート官僚として、行を糾弾し続けた。

それでも不思議なことに行の本は売れ続けた。逮捕されたら、普通は本は売れなくなるのだが奇妙なことだった。


父が長崎から上京した。行に面会するためだ。

面会の前の晩、万理江の家に泊った父は、風呂から上がると、ちょっと座れ、と万理江に命じた。何でも父は大袈裟にものを言う人だが、今日は何か違う緊張が万理江にも感じられた。

「行君が拘置所を出たら、長崎に戻りなさい」

「え？　私、離婚はしないわよ」

「そうではなか。行君も一緒に長崎に来ればよか。長崎ならわしらの目もあって、行君も女遊びは出来ん。長崎で新しい事業を起こすなら、出資してやってもよか」

「明日拘置所で、その話するの？」

「ああ」

父の気持ちはありがたいと思ったが、行はきっと嫌がるだろう。そもそも田舎のそうめん屋の五代目で、理屈を嫌い有無を言わせぬワンマン経営者の父と、日本のど真ん中を颯爽と歩いて来た行とは合うはずがないのだ。長崎に行っても、きっとふたりはぶつかるだろう。

気が進まないな、その話……と万理江は思った。

「お前、行君がわしの世話になるのは嫌がると思っとるばい。お前も行君に似て来たな」

それから父は、そういう風に性急に結論を出してはいけないと言った。

行の欠点は仕事に対しても性急過ぎるところだ。今急ぐとまた同じ失敗を繰り返すだろう。長崎にいれば、父があれこれ指導できる。だからお前も行を許せ。

「色恋なんてものは、男の人生を左右するものではないんだから」

起訴が決まれば、父は保釈金も出すつもりらしい。

父は行を一生許さないだろうと思っていたので、万理江は返事に困った。

私は行とこの先も暮らしたいのかどうかも、よくわからないからだ。行だって、検察に自分を売った私と、長崎で暮らす気になるだろうか。行が跪《ひざまず》いて詫びるなら許してやってもいいかな。でも、執行猶予になっても、私の心の刑務所からは出られない。終身刑だもの。

でも私のこの先の人生に、本当に行は必要なんだろうか。

万理江は意外にも行に執着していない自分の心に気づいて驚いていた。

行の拘置期限が切れる日は、外にいると身を切るような北風で耳の感覚がなくなるほど寒い日だった。

るいは休暇を取って朝から東京拘置所に出向いた。

あれ以来行に手紙は書いていない。

でも行が私なしで生きてゆけるなんて、どうしても信じられなかった。

あんなに私を求めた行が、あんなに好きだと繰り返した行が、もう死ぬまで離れないと言った行が、私と関係ない所で生きてゆくなんてことはありえない。

るいを求め続けた行の様々な言葉、息遣い、表情を思い出しながら、るいは拘置所の前に立っていた。

柏木弁護士が昼前に拘置所に入って行ったが、万理江は姿を現さない。

離婚はしない、行の妻は生涯私だと言い切ったくせに、迎えには来ないのだろうか。保釈の時間が万理江には知らされているんだろうか。

午後から空が曇り始め、みぞれのようなしめった雪が降り出した。

行が再出発する日に、こんなお天気であることが哀しかったが、そんなことに負けてはならないとるいは心の中で、自分と行を励ました。

午後三時に、拘置所の門の向こうに、弁護士に伴われた行が姿を現した。

トレンチコートを着ている。逮捕された時はスーツのままだったから、あのコートは万理江が差し入れたものだろうか。そんなことはどうでもいい。

少しだけ門が開いた。

るいは門に向かって走り寄った。

るいの姿が行の目に入らないはずはないのだが、行はるいの方を見ないで、門を出ると、弁護士と共に少し離れた所に停まっている車に向かって歩いて行った。

弁護士だけがるいを、もうついて来るなという哀れみの目で見た。

行を乗せた車を、るいはタクシーで追跡した。

行と出会った頃のるいなら、拘置所の前で何時間も待つようなみじめなことは絶対にしなかっただろうし、追いすがるようなこともしなかっただろう。でも今のるいは、そんな誇り高さはかなぐり捨てていた。

弁護士が途中で車を降りたが、行を乗せた車はそのまま杉並の自宅に向かっているように思われた。あれだけ離婚すると幾度もるいに宣言し、逮捕されるまでウイークリーマンションの一室で一緒に暮らしていた行が、なぜ万理江の元に帰ろうとするのか。

タクシーの後部座席で、るいは叫び出しそうな気持ちになった。

杉並の自宅につくと、行はコートのポケットから鍵を出し家の玄関に向かった。

「行さん……」

と、初めて呼びかけたが、振り向こうとはしない。

私達が隣人ではなく、互いに離れた場所に住んでいれば、行の妻の顔も見ずにすんだのに。なぜこんな残酷な恐ろしい試練を、私達は受けることになったのか。シンガポールで結ばれた二日後、夜中に万理江が泣きながらるいの家のインターフォンを押し、不妊治療に夫も行ってくれるように説得してくれと叫んだ。隣人同士であったことを知ったあの夜の衝撃を、るいは思い出していた。

だが、その時るいは気づいた。行の家に人の気配がないのである。行の家は、花壇の植物を見ただけでも、万理江の求めるしあわせをわかりやすく示している家だったが、今日は呼吸をしているように感じられない。家が死んでいるとるいは思った。

ほんの少しの時間で、家の中から行が出て来た。

行は、出て来た家を振り返ってもう一度見ると、力なく笑った。

それから拘置所の門を出てから初めて、じっとるいを見つめた。

るいはすべてを察した。やっぱり万理江はこの家を出て行ったのだ。死ぬまで離婚はしないと言い切ったし、それはそうなのかもしれないが、行との暮らしを拒絶したのだ。

これも万理江の復讐のひとつなのかもしれない。レタスを誘拐し、嫌がらせの写真を送りつけ、週刊誌にふたりのことを垂れ込み、最後は検察に夫を売った万理江のことだ。何だってやるに違いない。

何もかも失った行が、るいではなく万理江とやり直す方が経済的にも気分的にも楽だと思った瞬間、行を捨てる。実に残酷だ。

やっぱり行を受け止めるのは私しかいない。でもこの先、私が行と寄り添ったら、また万理江は様々な嫌がらせをして来るだろう。でも、そんなことには負けない。

るいは一歩前に進み出ると行に言った。

「私と一緒に暮らそう……どんなあなたも好きだから、私と一緒に生きて欲しいわ」

るいは杉並の家を売り、隅田川の見える下町に小さな家を借りて、行と暮らし始めた。

皮肉にも行が逮捕されたことで、ふたりで家を持つというるいの夢が実現したが、その生活は、必ずしもるいの心をいやすものではなかった。

7

モンディアーレ証券は廃業となり、行は裁判を待つ身だ。有罪になっても執行猶予がつくことは間違いないので、行は裁判が決着後に新しい会社を立ち上げようと、スポンサーを求めて様々な人に会っている。

しかし、家にいる時の行の様子を見ていれば、仕事が思うように運んでいないことは、るいにもわかった。

それと、時々、何かに怯えるような様子がある。大した物音でなくても、ビクッと体を震わせたりする。かつての行にはなかったことだ。挫折を知らずに生きて来た行にとって、拘置所での屈辱的な扱いは、生きていることを根底から揺るがすような衝撃だったに違いない。心が傷ついていることは明らかだったが、行の怯えの理由は、それだけでもないような気がする。

「何か心配なことでもあるの？」とるいは何度も聞こうとしたが、言い出せない。理想を語り、野心に燃えていた出会った頃の行を思うと、彼の誇りを傷つけるようなことを口にできなかったからだ。

一方、るいの仕事は行とは正反対に開けて来ていた。

突然、向井が新しい女性誌を刊行すると言い出し、雑誌出版局の局長をるいに命じたからだ。この出版不況に何を言い出すのかとるいも社員も思ったが、ピンチをチャンスに変えられる会社だけが生き残る。生き残りたかったら新雑誌を成功させろという向井の訓示で、みな納得した。

だがるいにはわかっていた。向井はるいを役員に戻したい。そのためにるいに難しい課題を与え、それを見事にやりとげたるいを、堂々と復帰させたいのだ。ありがたいと思いつつ、新雑誌の刊行という難題を成功させる自信は、るいにもなかった。

準備期間は半年。それは出版界の常識では考えられない短さだが、時間をかければ誰でもそれなりのことは出来る。無理を承知でやるしかない。薄氷は割ってから渡れと、さんざん社員に言って来たことが、今自分にむけての言葉として返って来ている。逃げてはならない。

るいは総務から編集部の一角に作られた雑誌出版局に異動した。

新雑誌の編集長は他社から辣腕編集者を引き抜き、自分は裏方に徹することにしたが、るいの哲学は編集長に伝えていた。

昨今の女性誌は読者と向かい合うことを忘れている。スポンサーである広告主と広告会社の方ばかり向いているからだ。クライアントが出して欲しい商品を載せ、その見返りで成り立っている談合まがいの作り方は、今回は一切排除したい。泥臭くてもいいから読者の人生ときちんと向かい合い魂のこもった雑誌を作ろう。るいは新雑誌の編集チームを前に、その考えを強くアピールした。

ただ、総務の時と違って勤務時間も長くなり、この所、家のことはほったらかしだ。深夜に帰宅すると、行が食べたと思われるコンビニ弁当の容器が台所に置いてある。もちろん行は家事のできないるいを責めたりはしないし、掃除や洗濯は黙っていてもしてくれる。言い争うこともなかったが、忙しいるいと、出口の見えない行の間に、会話は次第に減って行った。

行が家を出て、ウイークリーマンションで逢瀬《おうせ》を重ねていた頃は、朝までしゃべっても語りつくせない思いが胸にあふれていたのに。今は行に声をかける時、るいは言葉を選び、なぜか遠慮しながら話している。きっと行も同じだろう。

でもこんな日々もいつか乗り越えられる。だから今はそっとしておこうとるいは思っていたが、ある晩、明け方に帰宅したるいが、寝ている行を起こさないように入浴し、寝室に足音を忍ばせて入って行くと、行が身を反らせてうなされていた。

額に汗をうかべて苦しそうだ。

「行さん、大丈夫よ」

るいが行の肩をさすりながら声をかけると、行は目を覚ました。るいの顔を見て、ホッとしたようだ。

「汗びっしょり、パジャマ換える？」

るいが戸棚から行のパジャマを出していると、背中で行がつぶやいた。

「長崎に行けばよかったのかな……」

るいはパジャマを手から思わず落とした。

「今、何て言ったの？」

行は天井を見つめたまま、るいを無視している。

「何て言ったの？」

るいはベッドに上がって、行の体にまたがった。

傷つけないように傷つけないようにと、そればかり考えて暮らしていたが、今の発言は許せないと思ったからだ。

目をそらそうとする行の頬を両手でつかんで、るいは自分の方を向かせて言った。

「長崎で誰に頼るっていうの？」

「ひとり言だよ」

「あなたを検察に売ったのは誰だと思ってるの？　あなたの妻よ。それなのに長崎に行くなんて」

行は万理江が検察に自分を密告したことは知らない。恐らく柏木弁護士も知らないだろう。行は東京地検で柏木とのメールのやりとりを検察が把握していることは聞いていたが、その証拠の出所は知らない。

「あなたの妻は私に言ったわよ。行クンとあなたを引き離すために、検察に身柄を拘束してもらったんだって。携帯のメールで悪いことしてるって気づいたそうよ。目をくりぬいた写真も、レタスの誘拐も、週刊誌への垂れ込みも、検察への密告も、全部あなたの妻の仕業なのよ」

行は金縛りのようになって、るいの話を聞いていた。

「撤回してよ、長崎に行けばよかったなんて、撤回して。言ってよ、悪かったって」

行にまたがったまま、るいは激しく行の体を揺さぶった。

るいにされるがままの行は、真っ青な顔色になっている。

「何で今まで黙っていたんだ」

「行さんを、これ以上傷つけたくなかったからよ。愛しているからでしょ。愛しているから私の胸におさめていたんじゃないの。そんなこともわからないの」

　るいは行の頬を叩きたいくらいの気持ちだった。

「そんな大事なこと、なぜ言わなかったんだ」

「言ってどうなるの？　言ったって取り返しはつかないんだもの。あなたさえ長崎に行けばよかったなんて言わなかったら、このまま黙っていられたのに」

「人のせいにするな！」

　行が怒鳴った。知り合ってから初めて聞く行の荒々しい声だった。るいは一瞬ひるんだが、負けてはいない。

「今一緒にいることを大切にしたかったからよ。やっと一緒に暮らせるようになったんだもの。ずっとずっと待ってたんだもの。今更言っても仕方ないことは、あえて言わなかったのよ」

「同情されながら一緒にいるなんて、耐えられないな」

「同情じゃないわ。一緒に支えあって生きてゆきたいだけよ」

「きれい事言うな！」

「絡まないで！　何でも言った方がいいなら聞くけど、拘置所を出た日、私をなぜ無視したの？　行さんは、あの時、どうしようとしていたの？　杉並の家に戻ったってことは、あの人とやり直すつもりだったの？」

るいは一番気になっていたことを、ついに口に出した。聞くのも恐ろしかった質問だったが、今まで見たことのないような行の開き直りに、るいも我慢の限界を越えてしまったようだ。その問いに、行はちょっと考えた後、静かに答えた。

「そうだよ」

頭がクラッとした。予想していたことだが、何でこの人は堂々とこんな答えが出来るんだろう。

「るいさんは俺にはまぶし過ぎる。だから万理江の方が楽だと思ったんだ」

「でもあっちにも振られちゃったから、私と暮らしてるの」

「ああ」

るいは言葉を失った。

「拘置所に届く手紙も、だんだん読むのが辛くなった。こんなになった俺をどこまでも支えるって言い続けるるいさんの強さが、うっとうしくなったんだ。外には出たいけど、るいさんに会うと思うと、このままずっと拘置所にいたいと思ったことだってあるよ」

るいは行にまたがった姿勢でいることも辛くなった。背中の力が抜けてしまい、そのままベッドの横に上半身を倒した。行の体をさけるようにして。

「最低だろ。俺なんかるいさんにふさわしい男じゃないんだ」

「最低だわ、でも嫌いになれない」

「死んだ方がいいんだ、俺なんか」

このままほうっておいたら、この人は本当に死んでしまうと、るいはその時思った。

出会った時、シンガポールのチャイナタウンで盲目の手相見が言った。「ふたり別れる、あの世とこの世」という言葉が、突然るいの頭に蘇った。そんなことはイヤだ。行とは絶対に別れない。

「そんなこと言わないで」

必死でるいは体を起こし、行を見た。

「ショックだけど、今までのことはもういい。今こうして一緒に生きてることを大事にしよう。だから投げやりにならないで。投げやりになったら負けるわ」

「もう負けてんだよ、とっくに。やっぱり殺された方がいいんだな、俺なんか」

「殺される？　何のこと、それ？」

「死んだらすっきりするだろ、るいさんだって」

行はるいの上半身を突き放すと、ベッドから立ち上がり、簞笥《たんす》からコートを出してはおると寝室を出て行った。

「どこ行くの？」

るいはそのままの姿で行を追いかけた。

うなされて汗をかいたパジャマの上にコートをはおり、行は出て行こうと靴をはいていた。

るいは裸足のままドアの前に立ちふさがった。

「行かないで、どこにも」

靴をはいた行は、るいをどかそうと手をかけたが、るいは動かなかった。

小さな家の狭い玄関で、るいと行はとっくみ合いのようになった。十七歳も年上なのだから、いつも大人でなければならないと自分に言い聞かせて来たるいだが、今は駄々っ子のようになっても行を止めなければと思っていた。

火事場の力を出するいに投げ飛ばされ、行が玄関に倒れた。るいもあちこちぶつけているが、ひるまず行に飛び掛り、はおっているコートを脱がそうと肩をつかんだ。

その時、それまで抵抗していた行が、ふっと力を抜いた。

その勢いで、るいも腕を下駄箱に思いっきりぶつけた。

「痛っ！」

痛いのは腕だけじゃない。行とこんなことになって生きていること全部が痛い。

玄関の三和土《たたき》にうずくまるようにして倒れたるいと行は、しばらくそのままの姿勢でいた。傷つけ合いながらも、ここにはふたりしかいないというみじめな連帯が、行とるいを包んでいた。

ややあって、ふたりはどちらからともなく互いの背中に腕を回し抱きしめ合った。

万理江は杉並の家を引き払ってから、長崎の実家で暮らしていた。

興信所に調べさせたら、行はるいと東京の下町で暮らしているとわかったが、なぜか以前のような嫉妬は湧き上がらなかった。

拘置所の面会室で見た時から、行の氷のような冷たさだけが、万理江の心に残っている。

いつかあの女も、行のあの冷たさに捨てられるだろう。十七歳も年上なんだもの。どんな美人だってそのうちしわしわになる。

それでもまだ離婚する気にはなれなかった。行とるいが入籍するのは何となく気にくわない。まだまだよ……と万理江は心の中で、るいに言った。そしてふっと微笑んだ。微笑むと私にも大きなしあわせが来るような気がする。憎しみながら微笑むことも忘れずにいようと万理江はこの頃、考えるようになっていた。

ある日、万理江は父に言ってみた。

「パパ、行クンの仕事に出資してもいいって言ってたでしょ。そのお金、万理江にちょうだい」

父はキョトンとした顔をした。

「私に出資して」

「何かやりたいことがあるのか？」

父も母も万理江は一人では生きられない女だと思っている。仕事も勿論できないし、家事も出来ないと決めている。でも私だって検察と渡り合えたんだ。やろうと思ったら何だって出来る。

「私ね、ペットの体にやさしい自然食を作りたいの。杉並でペットシッターしてる時、アレルギーの犬がいたのよ。食事に問題があるんじゃないかと思って、無農薬野菜とトリのささみを煮てあげたら、一週間でよくなったんだ。これって商売にしたらいいかもって、その時も考えたんだけど、行クンは万理江が仕事するのイヤみたいだったから、諦めちゃったんだけど」

父も母も万理江の話を呆然として聞いていた。

「私には何も出来ないと思ってる？」

両親は返事に困っている。

「ナメないでよ。私をバカにする人間は親でも許さないから」

万理江の毅然とした言い方は、父には届いたようだ。

「金を出すかどうかはまだわからんが、ペットの自然食は悪い発想ではないな」

父は三沢そうめんの食品研究所に、ペットの食事について調べさせてみると言った。ワンマン社長だから、研究所は真剣にやるだろう。でもそれを待っていてはダメだ。万理江は自ら自然食の試作品を作り始めた。

暇とお金は十分あったので、万理江の試作品は近所のペットのいる家に配ると好評だった。ダイエット食も作って、太りすぎの猫を痩せさせることも出来た。後はコスト計算だけだ。

そう思うと万理江は体の中からエネルギーが湧き上がるのを感じた。行の妻として東京で暮らしていた時には感じたことのない感覚である。

私の人生は変わるかもしれない。どう変わりたいか自分ではわからないけれど、何かが必ず変わると万理江は確信していた。


行の裁判が始まった。

るいは迷ったが、鈴木行を時代の寵児にしたのはるいと新海社だ。彼の行く末は見据える義務があると、向井がよくわからない理屈を言うので、迷いながらもるいは第一回公判を傍聴しに出かけた。

ただ、行に気づかれないように開廷してから法廷に入り、最後列の隅に身を小さくして座った。向井は前の方に座っている。

「金融庁を辞めたのはなぜですか？」

裁判長の行への尋問が始まった。

「金融商品取引法を改正した後、それを使いこなすプレイヤーがなかなか出て来なかったからです。それなら自分がプレイヤーになろうと思いました。民間人として日本の金融市場の発展と、日本経済の成長のために先頭を切ろうと思いました」

行の口から何度も聞いた話だった。本当にこの人は志のために生きて来た。そのことは間違いはない。

「コモン証券の株式取得について、不正だとの認識はありましたか」

「金融商品取引法の公開買い付けの規制に反しているとは、今も思っていません。しかし、顧問弁護士から、金融商品取引法違反とされる可能性もあると聞いていましたので、その意味では、認識はありました。深く反省しています」

行は罪を最初から認めた。この裁判を一刻も早く終わらせて、再起にかけようとしているのだろう。行の切実な願いを感じて、るいは胸が苦しくなった。

この頃、行はひとつのところに留まっていられない人間なんだと感じている。東大法学部から金融庁に入り、そのままやっていれば官僚としても成功しただろう。でもそれをあっさり辞めてモンディアーレ証券を作った。財閥の娘と結婚しながら、私とこんな風になった。金融庁を辞める時は、るいが背中を押したかもしれないが、あの人はいつも今いる場所から飛び出そうと思って生きている。安定を破壊しようとする衝動が彼の心の中にひそんでいる。

このままだと今度は私が置き去りにされてしまうのではないだろうか。るいは激しい不安にかられた。

だが今はその不安を表に出してはならない。行の不安を抱きとめる時なんだから。行と一緒に暮らしているだけで十分だと思おう。行ける所まで行けばいい。考えたってなるようにしかならないんだから。

仕事のことはどんな不可能も可能にして来たという自負があったが、行とのことは、あまりにもはかなく、あまりにも不安定で、るいが流れに抗うと何もかもが壊れてしまいそうな気がするのだった。

まだ行の裁判長尋問が続いている間にるいは裁判所を出た。やはり来ない方がよかった。誇り高い行は、法廷で裁かれる姿を見せたくはなかっただろう。何で私はのこのこ向井について来たんだろう。るいは行に申し訳ない気持ちでいっぱいになった。

先に会社に帰って仕事をしていると、向井が裁判所から戻り、

「あの男はダメだな」

と、ポツリとつぶやいた。

「今日の話を聞いているだけでわかる。地に足がついていない。るいみたいな出来る女は、ああいうガラスのような男を守りたくなるんだろうが……」

ガラスのようだというなら、それは行自身ではない。私達の関係だ。

「日本国民の金融資産千四百兆円を投資に回せば、みんなが豊かになり、日本の経済は上向くなんて理屈はとんでもない。頭のよ過ぎる人間の机上の空論だ」

「時代が違ったんでしょうか」

「どんな時代だって同じだよ。そんなことわかってんだろ、るいだって」

「私は……彼が思いっきり羽ばたければそれでいいんです。彼の人生は彼のものですから……傍にいて応援してあげたい。それだけなんです」

るいの言葉に向井はうなずき、「ごめんな」と小さく言った。それから、

「今度の事件も本にしよう。今度はライターを立てずに自分で書かせたらいい。本を書けば自分が見えて来る。一石二鳥じゃないか」

「そうします」

るいも向井に同意して部屋を出た。

行が罪を認めていることもあり、三回目の公判で判決は出た。

行は懲役二年、執行猶予三年。モンディアーレ証券は罰金一億円という判決だった。

同じ日の日経新聞の朝刊に、モンディアーレ証券のライバルだったマネー証券が、コモン証券とのM&Aを成功させ、ネット証券会社の第一位になったというニュースが載っていた。行は新聞を広げながら、寂しそうな表情をした。以前なら弱気な顔は見せない人だったのに、この頃私に心を許していると思うと、るいは行の無念を思いながらも、少しだけ満たされた気分になった。

その日はるいも仕事を早めに切り上げて、家に戻った。それでも夜の九時を過ぎてはいたが、玄関を開けると、料理のいい香りがした。

居間に入ると、行が用意したシャンパンと料理が並んでいる。買ったものではあるが、行の手で皿に盛りつけられたことがわかる。

こんなことは、この家で暮らして初めてのことだった。

「お疲れさま」

行は明るくるいに微笑みかけた。こんな素直な顔、しばらくぶりだ。

「執行猶予になったし、るいさんの新雑誌の成功の前祝いと、これまで心配かけたお詫び」

るいは思わずバッグを足元に置いて、行に抱きついた。

「行さん……」

あなたは私とこれからも生きて行こうと思ってくれてるのね。これはそのしるしね。今まで私達には瞬間の真実しかないのだと思っていたけど、明日も明後日も、これから先もずっと続くんだと信じていいのね。

るいは行の胸に顔をうずめて、喜びをかみしめた。

「ごめんね、辛い思いさせて」

そんなことはないと、るいは首を横に何度も振った。

「本も書くよ、事件のこと書かせたいんでしょ」

ちょっとおどけたような行の口調に、るいも笑顔になった。

「きっとまたベストセラーになって、お金も一杯入って来るわ」

「うん」

「あなたはまた華やかに再出発出来る、必ず」

「頑張ってみるよ、もう一度。るいさんと一緒ならきっとうまく行く」

行の言葉に万感の思いで、るいはうなずき、「きっとうまく行く」と繰り返した。

「きっとうまく行く」

ふたりは額を寄せ合い、二度、三度と声を合わせた。

その晩、久しぶりにるいは行に抱かれた。

るいと体を重ねた時、行が突然涙を浮かべたことが不思議だったが、冷静な行でさえ今夜は胸がいっぱいなのだろうと思っていた。

しかし、その日を最後に、行はるいの前から姿を消した。

朝、レタスが起こしに来たので目を開けると、隣にいるはずの行がいない。トイレかと思ったが、なかなか戻って来ないので、るいは起き上がった。だが行はトイレにも居間にも台所にもいなかった。ゴミを出しに行ったかもしれないと、階下のゴミ捨て場まで下りてみたが、そこにも行はいなかった。

居間の仕事机の上はいつものままだし、脱いだパジャマは洗濯物入れに入れてある。洋服ダンスの中のどのジャケットとズボンがないかは、るいによくわからなかったが、とにかくどこかに出かけたようではある。

行の携帯に電話してみたが、電源が切られていた。

新海社に出社してからも、何度もるいは行に電話をかけたがつながらない。次第に不安はつのり、夕方になって警察にも電話してみた。

「今朝から交通事故とかで身元のわからない人はいませんか？　三十代の男性で、身長は百八十三センチ」

しかし、該当者は見つからなかった。

昨夜あんなにしあわせだったのに、なぜ行は黙って出かけて行ったのか？　なぜ私にこんな不安を与えるようなことをするのか。るいは頭がおかしくなりそうだった。

向井も参加した新雑誌のネーミング会議でも、心がうつろで集中しない。雑誌の名前は『PRIDE』に決まったが、るいの頭の中には行の行方のことしかなかった。

何日もるいは生きた心地がしないまま、家と会社を往復し、一日何度も警察に連絡し、携帯を鳴らし続けたが、行の行方は知れなかった。

ついにるいは、次の土曜に長崎に出かけた。

るいがもっとも嫌悪することではあったが、行が頼るとすれば、長崎の万理江の実家しかないと考えたからだ。

万理江の実家は長崎市の中心街の高級住宅地にあり、長い白木の壁に囲まれた平屋の日本住宅である。

その日も万理江は、地元の無農薬野菜と五島の和牛を使ったペットの自然食の試作品を、広い台所で作っていた。

ペットシッターの知り合いに相談して、試食ネットワークも作ってもらっている。生産する段階になったら、三沢そうめんの工場か研究所の一角を使い、近所のオバサン達に手伝ってもらって作るつもりだ。販売は最初はネットで様子を見ようと考えていた。

母は、父のために夕食の料理をするだけで精一杯だと言って、昼間台所に立つことは嫌う。だから万理江の手伝いはしてくれない。でもその方が邪魔にならなくてよかった。

るいが訪ねて来たのは、試作に没頭していた時だ。

家政婦が、東京からお嬢様に会いたいという女の人が来ている。名前は中村るい、と聞いた瞬間、行に捨てられたんだわ、と直感した。行に私を捨てさせた女は、私と同じ目にあうに違いないと、前から思っていたからだ。

母が飛んで来て、

「ママが追い払ってあげるから、マリちゃんはここにいなさい」

と言ったけれど断った。あの人が怖いのはママじゃない。私だもの。私が出て行く方がいい。

「何のご用ですか？」

万理江は玄関の三和土に立っている、頬のこけたるいを見下ろした。

「行さん、こちらに来てませんか？」

やっぱりそうかと思いつつ、万理江は自慢の大きな目を見開いて、わざとキョトンとして見せた。

「もしいるなら、話をさせて下さい」

「行クン、どっか行っちゃったんですか」

「ええ」

「ウソ～！　捨てられちゃったんだぁ。次々女を捨てちゃって、行クンってスゴ～イ」

「行さん」

るいは玄関から家の中に向かって大きな声を出した。ずいぶん取り乱している。この人のこんな姿見たことないわ、と万理江は思った。

「いるかいないかは言わな～い。そんなこと、頭のいい中村さんならわかるでしょ」

「お願いです、いるなら話をさせて下さい」

るいは万理江に向かって深く頭を下げた。

「お客様お帰りで〜す」

万理江は奥に向かって家政婦を呼び、るいに向かって、

「遠くまでご苦労様でした」

とニッコリ笑いかけた。

廊下から玄関の様子をのぞいていた母が、娘の対応に目を丸くしている。万理江は母の近くまで来るとガッツポーズをした。

まだるいは玄関に立っているだろうか。しつこい女。

それにしても行は、どこに行ったんだろう。執行猶予つきの判決だったことは、テレビで見て知っていた。堕ちた金融王子だとコメンテーターが意地悪く言っていた。

本当は実刑ならよかったけれど、それももうどうでもいい。これから始めるビジネスの方が、今の万理江にとって重要な事柄だったからだ。

父は「さすが私の娘だ」とご機嫌で、万理江の新しいビジネスの応援団になってくれている。

行と暮らしながら退屈していた私は何だったんだろう。あの頃からこんな仕事をしていたら、子作りに夢中になることもなかっただろうに。

時代はなぜタイミングよく訪れないんだろう。いつも何かがずれている。でも、それが人

生なんだろう。

いつも胸を張って歩いていたはずのるいが、万理江の家の長い車寄せを、背中を丸めて帰って行くのが見えた。

運命とは不思議なものだ。行を頂点にした万理江とるいの三角形は、その時その時で形を変える奇妙な三角形だ。私はいつまでこの三角形の一辺をつないでゆくんだろう。行はるいとつながる一辺を自ら切ったんだろうか。

あのふたりの縁は一瞬のすれ違いでしかなかったんだろうか。行と万理江もまた、あまりにも薄いはかない縁であったと思う。結婚って何だろう。あんなに派手な披露宴までしたのに、結局私は夫に愛されなかった。あの東京での二年間は、私が生まれ変わるための修行だったんだろうか。

エプロンをかけながら、ほんの短い間だけ、万理江はそのことを考え、それから再び仕事にとりかかった。


行が姿を消してから一年が過ぎた。

ひとりの生活には慣れたが、るいは行と暮らしていた家を離れる気にはなれなかった。

行の歯ブラシも髭剃りもパジャマも衣類も、そのままにして暮らしている。レタスもすっかり年老いた。

行に置き去りにされたという絶望から抜け出すことは出来なかったが、るいの寂しさに反比例するように仕事だけはうまく行っていた。

新雑誌『ＰＲＩＤＥ』は売り上げを伸ばし続け、るいは新海社の専務に返り咲いた。そして、この出版不況の中、新海社はついに上場を果たした。秀月が全作品を引き上げた時に一度挫折した上場を、向井は執念でやり遂げたのだ。

新海社は設立時から出版界の奇跡だと言われていたが、この度の上場は更なる奇跡であった。ホテルで盛大に行われた新海社上場記念パーティーには、ロンドンに行った秋夫も駆けつけて祝福してくれた。

何より驚いたのは、パーティーの終わり頃、普段着姿の秀月がフラリと現れたことだ。

秀月は向井の顔をじっと見て、

「どんな顔してふんぞり返ってるか、見に来たったわ」

と大きな声で笑ったが、るいの顔を直視することはなく帰って行った。それでも秀月が新海社との関係を修復したがっていると感じられただけで、るいはホッとした。

翌朝、機嫌のいい向井にるいは申し出た。

「二年前、シンガポールでインタビューしたチェン・ファーレー監督が小説書いたんですけど、版権取っていいですか？　恋人の女優とのことを書いてるんですけど」

「監督と女優……古いな」

「男と女のことは社長にはわかりにくいかもしれませんけど」

「そんな風に決めつけるなよ」

「版権安く買い取ってきますから」

「安ければいいよ、安ければ」

向井の了解を得て、るいは次の週にシンガポールを訪れた。

赤道直下の光に映えるオーチャード通りの高層ビル群。手入れのゆきとどいた高い街路樹。東洋と西洋が触れ合う街にあふれる様々な人種。占領時代を思わせるコロニアルな建物。

この地に立つと、行と結ばれた日のことを思い出さずにはいられなかった。

あなたは今、どこで何をしているの？

あなたはなぜ、私を捨てたの？

考えるのはよそう。命ある限り、私は生きてゆかなければならないのだから、仕事のことだけを考えよう。

るいはそう自分に言い聞かせて、チェン・ファーレー監督のエージェント・オフィスを訪れた。

契約は簡単に成立した。二年前のつながりを監督が大切に思っていてくれたからだ。あなたに任せるという監督の一言で、るいの条件はクリアーされた。オフィスを出て、大通りを歩きながら、るいは新海社に電話した。

「たった五万ドルで版権取れたわよ、やるもんでしょ」

「さすがだね。社長もついにるいに譲る時が来たな」

向井の口癖は「上場したら辞める」だったが、辞めても退屈するに決まっているのにと、るいは笑って相手にしなかった。

その時、白いシャツがるいの目の前を横切った。

太陽の光に、白いシャツがまぶしく反射して、るいは吸い寄せられるように、そちらの方を見た。白いシャツの男は大通りを慣れた足取りで横切って行った。

次の瞬間、るいは携帯電話を耳から離し、その男を追って走り出した。

その男こそ、この一年、忘れたことのなかった行だったからである。

コットンパンツの上に白いシャツをはおり、サンダルばきで歩いている行は、スーツに身を包んでいた頃とはまったく違っていたし、その横顔は暗く沈んで見えた。しかし行であることに間違いはない。

るいは信号を無視して、反対側の歩道に渡ろうとした。だが沢山の車に阻まれてなかなか渡れない。

「鈴木さん！」

思わず行に向かって叫んだが、るいの声は雑踏に吸い込まれてしまって、行には届かなかった。

すると中国語を話す男が、行を「ヤン」と呼びかけて手招きしている。

ヤン？

行は呼ばれた方を振り返り、その男の立っている方に歩き出した。名前を中国名に変えて生きているんだろうか。行は男と立ち話をしていたが、その男の車に乗り込んだ。

るいは焦って目の前のタクシーに手を上げた。そして運転手にチップを握らせ、

「前のワゴンを追いかけて、絶対に見失わないで」

と命じた。チップが効いたのか、タクシーは上手に前の車を追跡し続けた。

判決を受けた後、あの人は私だけでなく、日本をも捨てたのか。あれだけ日本の金融市場の発展、経済の発展を念じて来たはずなのに、その日本を簡単に捨てたのか。

ワゴンはチャイナタウンの中に入って行き、細い路地の前で停まった。

行は車を降りると、中国人の男とチャイナタウンの路地を歩いて行った。

るいもふたりの後を追った。

「行さん」

今しかない。今なら私の声も届く。

さっきは鈴木さんとしか言えなかったけれど、今度はかつてのように行さんと呼びかけた。

行は立ち止まり、不思議そうにゆっくりとるいの方に振り返った。

るいもその場に立ち竦んで行を見つめた。

行は驚愕の目でるいを見ている。

何秒間が何時間にも感じられる瞬間だった。

聞きたいことが体中からこみ上げて来て、るいの咽を熱くした。数メートル先にいる行の目尻が震えている。

「行さん」ともう一度るいが声に出そうとした時、行は突然走り出した。一緒にいた中国人が何か叫んでいる。あの人はまた私から逃げる気なの？

次の瞬間、パーンという高い大きな音がして、行の体が波打って吹っ飛んだ。

白いシャツがふわりと宙に浮いたような感じで、それから行が地面に倒れた。

パーンという高い音が銃声だとわかったのは、大分後のことだ。

るいが倒れている行に走り寄った時、白いシャツが血に染まってゆくのを見て、行が撃たれたのだと、るいは初めて知ったのである。

「救急車を呼んで」

英語で叫んでも、人気《ひとけ》のない路地で反応する人はいない。

見上げると小汚いビルの窓から、人が顔を出している。その顔に向かってるいは何度も叫んだ。救急車を！

行の体から流れた血がるいの膝元を生温かく濡らしている。

抱き上げた時、行は一度るいを見たように思うが、その直後にはもう意識を失っていた。

8

行はシンガポール中央病院に運ばれ、緊急手術が行われた。

その間、るいは刑事に質問を受けていた。

「あなたが目撃者か」

「はい」

「国籍は」

「日本です」

「パスポートは？」

「ホテルのセキュリティー・ボックスの中にあります」

「台湾人のヤン・ミンリャンとはどういう関係だ？」

「彼は日本人です。日本名は鈴木行、間違いありません」

刑事は不可解な顔をした。

「ヤンは我々のブラックリストにある人物だよ。東南アジアを中心に、違法すれすれの投資をして、荒稼ぎしている中国系ファンドの一員だ」

刑事は拳銃の弾をポケットから出し、るいの前にさし出した。

「これはヤンの体を貫通した弾だ。これで撃たれているということは、ファンドにつながっているチャイナ・マフィアにやられたんだろう。心当たりはないか？」

「ありません。あの、彼はシンガポールで暮らしているんですか？」

「ああ、だが家族の情報はない」

家族がいないと聞いて、るいは少しだけ救われたような気持ちになった。

手術を終え、病室に移されてからも、行の意識は回復しなかった。

医者も看護師も、病室に姿を現さない。手術が終わった直後、若い医師が、

「あなたは患者の家族か？」

と聞くので、そうだと答え、何とか日本に連れて帰ることは出来ないかと聞いてみた。すると医師は、気の毒そうにるいを見て言った。

「動かすことは出来ません。今夜が山場でしょう」

るいは自分も拳銃で撃たれたように息が一瞬つまったが、あの人は死なせない。私がいるんだもの、絶対に死なせない、と自分に言い聞かせ深呼吸した。

強烈な日差しのせいか、以前より肌が黒くなり、目の落ち窪んだ行の寝顔を見つめながら、るいはずっとベッドの傍につきそっていた。

「行さんの手は好き……昔も、今も……家族はいないって言ってたけど、あれからひとりで生きて来たの?……やっと会えたんだから、もう離れない。ずっと一緒にいようね……」

明け方になり、ブラインドの向こうが明るくなった時、行のまつげが動いたような気がした。

「行さん」

そっと呼びかけてみると、行はかすかに目を開けた。

るいは自分の顔を、行の顔の前に持ってゆき、

「るいよ……わかる?　やっと会えたね」

と語りかけた。

行はうっすら開いた目で、確かにるいを捉えている。そして唇を動かそうとしている。

「なあに？」

「に……げ……」

行がかすかな声を出したが、聞き取れない。

「に……げ…………」

そこまで言うと、行の呼吸が乱れ始めた。

「行さん、しっかりして！」

背中を弓なりにさせて行が苦しみ出し、るいは震える手でナースコールのボタンを押した。

行の全身痙攣は激しくなり、るいさえも突き飛ばしてしまうような勢いだ。ややあって医師と看護師が入って来て、るいは病室を追い出された。

「行さん、死んではダメ！　死なないで、やっと会えたのに！」

病室のドアを出る時、るいはベッドの行に向かって叫んだ。

廊下のベンチにうずくまりながら、るいはなぜか、シンガポールで出会った占い師のことを思い出した。盲目なのに手相を見るという奇妙な占い師に、行と結ばれた翌日、ふたりで見てもらったのだ。

「あなた、日本を出ること、いけない。あなた日本出る、ふたり別れる、あの世とこの世」

あの時、あんないい加減な占い、僕にも出来ると行が言っていた。

こんな時になぜ、あんな不吉な占いのことを思い出すんだろう、と、るいは打ち消そうとするのに、何度も占い師の顔がるいの頭に浮かび上がる。

あの占いは本当だったんだろうか。行は日本を出て、今、命の危機にある。

「やめて……」

るいは思わずつぶやいた。

それからるいと暮らし始めた頃、行が、何かに怯えていたことを思い出した。夜中によくうなされていたのは、何か理由があったんだろうか。あの時は拘置所でのストレスから、うなされるのではないかと思っていたけれど、違う理由があったのではないか。

その時、るいはハッと気づいた。

さっき行が小さな声で言った言葉……あれは「逃げろ」だったのではないか？

に……げ……までは聞き取れたけれど、その後がわからなかった。

逃げろ。あの人は私に逃げろと言っていたのだろうか。それとも自分自身に言っていたのだろうか。

行さん、あなたがここで果てるなら、私も一緒に死んでもいい。あなたのいない人生をこれからどうやって生きてゆけばいいのかわからないもの。

でももう少し生きて。私ともう少し楽しい時間を過ごそう。それからでも遅くないじゃない。チャイナ・マフィアから一緒に逃げよう。今度撃たれる時はふたり一緒でいいから。

だから神様、もう少しだけ時間を下さい。

るいは心の中で繰り返した。

だが、太陽が高く昇る頃、行の命は尽きた。

るいが別れを惜しむ間もなく、遺体は警察が司法解剖のために連れ去った。

私も一緒に解剖に立ち合いたいというるいを刑事が制した。

「それはダメだ。ヤンが日本人かどうか、今外務省に照会中だ。それが本当ならあんたを信用しよう。それまではあんたの言うことは聞けない」

行の遺体が警察に行ってから、二日ぶりにるいはラッフルズホテルに戻った。

そして行と結ばれた時の部屋、２０１号室のドアの前に立ってみた。

あの夜、チェン・ファーレー監督に生きること、愛することは、不自由への挑戦だと言われて、行に抱かれることを決意したのだった。

ここからやり直したい。

突き上げるような願いと、後悔がるいの心に押し寄せた。

私があの人を焦らせたんだ。

あの人は会社を一刻も早く大きくして、私生活にも区切りをつけようとしていた。あれもこれも突破しようとして焦っていた。

そんなあの人を、私はいつもいつも急《せ》き立てた。

なぜもっとゆっくり、穏やかに見守れなかったんだろう。

なぜあの時、気づかなかったんだろう。あの人の人生を狂わせてしまうということに……。

るいはその場にしゃがみ込むと、バッグを胸に抱き、激しく泣いた。


万理江はペットの自然食の試作品を持って、全国のペットショップを渡り歩いていた。かわいい顔をした万理江が、必死で説明をすると、ペットショップのオーナーは、みなそれなりの興味を示してくれ、試作品を店頭に置いてくれた。これが世に言う営業ってものかと思い、万理江は世間を知った気分になった。

この三日間は関西地区を回っている。今日は大阪をまわり、夕方の飛行機で長崎に戻ろうと思っていた。そんな時、携帯が鳴った。知らない番号だなと思ったが、どこかのペットショップからかもしれないと思って出た。

「鈴木万理江さんですか？」

「はい、そうですけど」

「外務省領事局海外邦人安全課の飯沼と申します。鈴木行さんという方はあなたのご主人でしょうか」

「はい」

「実は一昨日、シンガポールで亡くなられました」

「え〜！」

万理江は思わず声を出した。私にとってはもはや死んでしまったような夫だけれど、本当に死んじゃったのか。

「シンガポール……事故ですか？」

「いいえ、殺害されたようです、ご愁傷様です」

殺された。誰に？　まさか中村るいに？　そんなことないか。最近めぐりのよくなった万理江の頭がクルクル回った。

「いろいろ事情のある方ですので、警察にも問い合わせましたが、ご遺族のご意向に任せるそうです。遺体を引き取りにシンガポールに行かれますか」

「行かないとどうなるんでしょう」

「お骨にして送り返すことは出来ますが……実は……最期を看取られた女性がいまして」

「は……シンガポールの人ですか？」

「いえ、日本人です」

「その人、中村って人じゃないですか？」

「ご存知なんですか。中村さんは、こちらで荼毘《だび》にふして日本にお骨をお持ち帰りになると言っておられますが、親族ではないので、奥様にお問い合わせした次第です」

「少し考えさせてもらえませんか？」

「あの……出来るだけ早く結論をお出しいただけませんでしょうか、ご遺体が傷みますので」

「じゃ決めました。中村さんにお骨持って帰って来てもらって下さい。私は行きません」

電話を切って、万理江は考えた。

行が死んでしまったと思うと、妙に心がすっきりした。しかし、このままでいいんだろうか。仕事も忙しい時にシンガポールに行っている暇はない。でも、るいが行の妻みたいにふるまう姿は不愉快だ。

夫への執着はなくなっていたが、るいから受けた屈辱は忘れていない。るいがなぜシンガポールで行を看取ったのかはわからないが、るいへの復讐を終えるにはまだ早い。

万理江は二日後、外務省から飛行機の便を聞き、成田に出向いた。羽田に着く便に、なぜるいは乗らないのかと思うと、腹立たしかったが、それでも出向いた。

到着ロビーで待っていると、るいがスーツケースの上にお骨の箱を乗せて出て来た。

相変わらず美人だけど、ちょっと老けたかも。

うつろな目で歩いているるいの前に、万理江が進み出て、

「ありがとうございました」

と声をかけた。顔を上げたるいが、驚いた顔をしている。

「お葬式は私が出しますので、お骨は渡してください」

るいの疲労の色濃い目が、ゆらりと宙を泳いだ。

「行さんは、そんなこと望んでいないと思いますけど」

「お葬式は生きてる者のためにあるんです。行クンの気持ちには関係ないわ。あなたも最期を看取ったんなら、それで本望でしょう」

ボーっとしているるいを無視して、万理江は行のお骨をつかんだ。

「ご苦労様でした」

るいに抵抗され、お骨を奪い合うようなことになったらカッコ悪いと思っていたが、るいは黙ってお骨を手離した。

るいも案外、私と同じように、行が死んでサッパリしてるんだろうか。そうだとしたら、

かわいそうな行クン。万理江はちょっと可笑《おか》しくなった。

「さよなら、行さん……」

背中の方で声がしたような気がしたが、もちろん振り返らなかった。

行クンのお骨は重かった。背が高かったから骨が多いんだな……と思いつつ万理江はぐんぐん歩いて行った。


家に戻って荷物の整理をしているとチャイムが鳴った。

玄関の戸を開けると、宅配便の配達人が
「お届けものでーす。代引き、三千七百円です」

と言った。

「ちょっと待って」

るいが財布を出し玄関に戻ると、そこに立っている宅配便の配達人が、息子の亮であることに気づいた。短く切った髪は黒髪に戻っており、宅配便の制服をきちんと着ている。首のタトゥーもあまり目立たない。

るいは何が何だかわからなくなった。荷物の伝票にはるいのフルネームがあるのだからわかっていたはずなのに、亮は宅配便のお兄さんに徹している。

「判子かサインお願いします」

るいも何と言っていいかわからず、言われるままに伝票にサインした。

「毎度」

亮は出て行った。しばらくるいは荷物を持ったまま玄関に立っていたが、突然、靴もはかずに表に飛び出し、亮を追った。

道に停めてあった車に亮が乗ろうとしている。

「亮……」

るいが呼びかけると、亮は靴をはいていないるいの足元を見て、ククっと笑った。

「地道に生きる気持ちになったのね」

「ジミチ、何それ？」

「今、どこに住んでるの？」

すると亮は胸のポケットから名刺を出して、るいに差し出した。

ワンダー急便、東京東支店、台東地区担当、中村亮　と書いてある。

「何かあったら会社に連絡しろよ」

「就職したの？」

「一応正社員ってことで」

それから亮はシャツをめくって腕を出し、

「レーザーで消してんだ」

と言った。首のタトゥーも薄くなったと思ったが、レーザーで消しているのか、お金もかかるのに大丈夫なんだろうかと、るいは思わず余計な心配をした。

「ひとりで暮らしてるの？」

「ああ。そっちこそ、男いねえのかよ」

「あの人、亡くなったのよ」

「え〜！」

さすがに亮は驚いたように肩を上げた。愛子に言わせるとマザコンだという亮が、一番激しく拒絶反応を見せた行とるいの関係だったが、それはもう終わったのよと、るいは亮に告げたかった。

「あなたは元気でいてちょうだいよ」

「新しい男見つけたらいいじゃん。その方が俺も安心だからさ。じゃな、毎度ありがとうございました」

最後は宅配便のお兄さんに戻って、亮は車に乗り込んだ。

走り去る車に向かって、るいは手を振った。

行のことも、亮のことも、これで一区切りがつくのだという気がした。時代はゆく、どんどん過ぎてゆく、私の苦しみも無念も何もかも飲み込んで……。

るいは失った時間を惜しむ思いで、走り去った亮の車を見送り、家に戻って行と暮らした部屋の中をしみじみと見渡した。

行の葬儀は東京で行うことにした。

行は裁判で有罪の判決を受けていたので、どれだけの人が来てくれるかわからなかったが、万理江は東京でやることを主張した。

行と結婚する時、嫁入り道具のひとつとして作ってもらった和服の喪服を着て、万理江は喪主挨拶に立った。

昨夜の通夜は洋服で、黒い網のついた帽子をかぶってみた。顔が小さいので、我ながらよく似合ったと思う。今朝も朝からホテルの美容室で喪服の着付けをしてもらったが、全身鏡にうつしてみると、本当に私は哀しい未亡人という気分になり、涙さえ出そうになった。女優ってこういう感じなんだろうか。

父は参列者が少なかったら万理江が恥をかくので、三沢そうめんの社員を相当数まぎれこませてくれたようだが、金融庁時代の人やテレビ関係の人が思ったより大勢来てくれて、華やかな葬儀になった。

「本日はお忙しい中、夫鈴木行のためにご会葬いただきまして、誠にありがとうございました。夫も深く深く感謝していると思います。マスコミや検察に夫はさんざん叩かれましたけれど、私は夫を誇りに思っております。金融庁時代も、独立してからも、夫は常に時代の先頭を走っていました。先頭をゆく者は風当たりも強く、なかなか理解されないのが世の常とはいえ、どんなにか辛く、無念であったろうと思います」

挨拶の途中で万理江は、父と母の様子をうかがってみた。並んで立っているので、首を横に向けないと見えなかったが、あえて見た。思った通り両親は驚いている。娘がこんなにちゃんと挨拶が出来ると思っていなかったのだろう。たとえ両親でも、私をバカにする者は許さないって言ったことを覚えていないんだろうか。

万理江は両親の表情にますますやる気が出た。

「夫の理想や夢が間違っていなかったということは、この先の時代が必ず証明してくれるであろうと、私は信じております。どうか皆様もお心の中で、鈴木行を信じてやってください。私もあの世の夫から、万理江も頑張ってるね、と言ってもらえるように、新しい仕事に邁進したいと思っております。今手がけている仕事で、夫のように時代の先頭を走ってみたいと、今日、その思いを深くいたしました。本日は皆様、本当にありがとうございました」

葬儀の終わった後、万理江は行のお骨を抱えてるいの家を訪れ、玄関の前でるいの帰りを待った。

るいは仕事で遅いだろうと覚悟はしていたが、何時間も待たされた。真夏や真冬だったら耐えられなかっただろう。いい時に行クンは死んでくれたものだ。

るいは万理江の姿を見ると、案外素直に家の中に入れてくれた。

「ここで行クンと暮らしていたんですね」

万理江は古びた一軒家の中をキョロキョロ見渡し、

「もうわかってると思いますけど、これお返しします」

と、行のお骨をテーブルの上に置いた。

猫のレタスがこっちを見ている。何だかとてもなつかしい気持ちになった。

「レタ君、久しぶりだね～……もう誘拐しないから、こっちいらっしゃい」

手をさし伸べたが、レタスは来なかった。

「お葬式が終わったから、もうお骨の用はないということですか？」

るいが厳しい表情をしている。

「私は行クンの妻として、お葬式でケジメをつけたかったんです。でもそれも終わったから、これからは自分のために生きようと思って……」

「お葬式は生きている者のためにあるって、この前あなた言いましたよね」

「ええ」

「それは納得しました。だから成田でお骨を渡したんですけど、ここで返されるのは納得できません」

　ウッソ〜！　いらないの？　万理江は心底たまげた。

「行さんは私のことを好きだったと思います。本気で愛した女は私だけだったかもしれません。でも一方で、妻であるあなたに対する責任も最後まで果たそうとしていました。だから仕事でも焦ったんです」

　責任なんか果たしてもらってないけどなぁ、と万理江は思った。

「責任を果たしてもらっていないと、あなたが思われるなら、あなたこそ彼への責任を果したらどうですか。妻として行さんの供養をきちんとなさったらどうですか。それが筋を通すってことですし、大人の責任の取り方だと思いますけど」

「また持って帰れって言うの」

「そうです。お骨は戸籍上の妻であるあなたが、これから先も責任もって供養して下さい」

「それでいいの」

「私には行さんとのかけがえのない思い出がありますから、心の中で彼の供養をします。それが私の筋の通し方です」

「キャー！　信じられない、いらないんだ〜」

やられたと万理江は思った。こんなことならお骨を返しに来るんじゃなかった。ここのところずっと万理江の方が優位だったのに。でもここで弱気な態度は見せないわ。

玄関まで送りに出て来たるいに、万理江は名刺を出した。

「私、会社作ったんです。ペット向けの自然食作ってる会社なんですけど、レタ君にもいいと思いますよ。ネットでも買えますから試してみて下さい」

会社の名前はペットダイナー・マリ。私は代表取締役社長だ。るいは新海社の専務らしいけど私は社長。私もいつか会社を上場してお金持ちになろう。そう思いながら万理江は重いお骨を抱えて、るいの家を出た。


翌年、向井は退任し、新海社の社長はるいになった。

向井は上場で得たお金を元手に、恋人の児玉琢己と共に長野にオーベルジュを開いた。

行と出会う前のように、るいは仕事一筋の生き方に戻った。寂しくないわけではない。以前とるいが違うのは、その寂しさを認めることが出来るようになったことだ。

しかし、短い間ではあったが行を愛し、充実した時間を過ごしたことは、るいの人生を豊かなものにしてくれていると思う。だから人生の後半は、寂しさにも耐えて生きてゆこうとるいは決意していた。

新海社の業績も右肩上がりで、経営は順調だったはずなのだが、ある朝、るいが出社すると、総務部長が血相をかえてやって来た。

「取次のタイハンが会社更生法を申請するらしいんです」

書籍は取次店を通じて全国の書店に配布される。その取次には売り掛け金があり、売り上げが回収されないまま取次がつぶれれば、出版社は大損だ。その危険を回避するためにも、出版社は複数の取次と契約しているが、新海社にとってタイハン（太陽出版販売）は一番大きな取引相手だった。

会社設立時に便宜をはかってくれたこともあり、新海社はタイハンに恩義を感じて取引高を大きくしていたのである。

「銀行筋からの情報ですので、間違いないと思います」

「タイハンにうちの売り掛け金はいくらあるの？」

「六億三千万です」

るいは目の前が暗くなった。大手の出版社なら六億くらいで潰れることはない。しかし、新海社は中小企業であり、印刷所や製本業者への支払いは待ったなしだ。新海社の支払いが遅れれば、下請けは呆気なく倒産するだろう。タイハンの売り掛け金六憶三千万は回収できないに違いない。創業以来の危機だとるいは思った。

るいはその足で、銀行に融資を頼みに行き、新海社が倒産すれば日本の出版文化は衰退する。人は生きている限り書物を必要とする。ここで出版界の力を削がないでくれと、頭を下げ、翌朝、社員を集めて訓示した。

「この危機は、売り上げを上げることでしか乗り切ることは出来ません。それぞれの持ち場で全力をつくして下さい」

るいはロンドンの秋夫に電話し、まだ文庫になっていない何作かを新海社にくれるよう頼んだ。強引な依頼に秋夫は言葉を失っていたが、考えてみると返事をしてくれた。秋夫はますます売れっ子作家になっているので、まだ売れている単行本を文庫にもらえれば助かる。もちろん単行本を出した出版社は怒るだろうし、るいのやり方は仁義に反するが、生き残るためにはやむをえない。

それから原宿のビルの中に本社を構えたペットダイナー・マリの社長である万理江に会い

に行った。

「お仕事で成功なさったこと、本になさいませんか。いつどんなことからペットの自然食を発想されたか、どのように研究されたか、普通の主婦が会社を興して成功する秘訣など。いかがでしょう」

「そんな暇ありません」

かつてはふわふわしたワンピースが好きだった万理江が、カチッとしたスーツに身を包んでいる。でもその色はピンクだ。オフィスの中も何となく少女趣味な内装で、そういう部分は昔と同じだった。

陳列してある自然食の缶詰やパックも、かわいいイラストで彩られている。

「活字メディアはますます衰退すると言われていますが、書籍はいまだに社会的信用は高いです。著作をお出しになれば、あなたのお名前も今より知られますし、会社の宣伝になることは間違いありません」

「そんな暇ないって言ったでしょ」

万理江は無愛想に返答した。まるで相手にされていない。

「文章はライターが起こしますので、お話ししてくだされればそれで結構です。インタビューもなるべく短時間でいたしますので」

「それって行クンとあなたのことから話さないと説明できないけど、いいのかしら？」

「結構です」

るいはきっぱり答えた。るいと行のことはさんざん週刊誌に書かれているし、そのことを万理江がるいの出版社に書くというのは、それだけでスキャンダルだ。またメディアは取り上げてくれるだろう。

「どうぞお心のままに」

「そうやって昔、行クンのことも口説いたのね」

「必ずやってよかったと思っていただけるような本にします」

万理江はふふふと微笑んでから答えた。

「お断りします」

るいはどうせ一度は断られると思っていたのでひるまなかった。万理江が素直にるいの力になることはありえない。自分にも大きなメリットがあるということを、これからわからせなければ。

「また出直して参ります。私の仕事は断られた所がスタートですので」

「キャー、中村さん、そのセリフいい。私もビジネスに使わせてもらおっと」

「二十四時間いつでも携帯はつながりますので、お気持ち変わりましたら、お電話下さい」

るいは万理江の元を辞してから、その足で秀月の自宅を訪ねた。タイハンの噂はもう秀月の耳にも届いているだろう。秀月は傷ついているるいを見たいに違いない。

秀月の広い自宅の応接間で待っていると、めずらしく洋装の秀月が出て来た。

「あんたもついてへんな」

「ご無沙汰しております、今日は関ヶ原に挑む気持ちで参りました」

「関ヶ原かいな。天下分け目の戦いやな。それであんたは西軍やの、東軍やの」

「もちろん負けるつもりはありません」

「家康かいな、好かへんな」

続けて秀月は言った。

「新作だったら書かへんで。あんたの会社がどうなろうと、私には関係あらへん。全作品を引き上げてるんやから」

「お書きいただきたい企画がございます」

「書かへんゆうているやろ」

「先生にお書きいただきたいのは、老いをテーマにした小説です」

秀月は露骨に嫌な顔をした。いい年をしていつまで恋愛小説を書いているんだと、るいに言われたと感じているのだろう。しかし変化しようとしない者は、今以上に羽ばたくことは出来ない。その昔、歴史小説を書いていた秀月に、現代の恋愛小説を書けとすすめたのもるいだった。

「どうぞ新しいテーマでお書き下さい。私は諦めません」

秀月はフンという顔でるいを見てから、

「図々しい女や」

と言って席を立った。

それから一週間の間に、新海社の株は急速に下がって行った。

るいは経営者としての初めての試練に疲れ果てていた。こんなに連日金策で頭を下げ続けたことはない。社員も必死だし、社長として弱音ははけない状況だったが、るいは途方に暮れていた。

そんなある日、寝不足の目をこすりながら開いた朝刊の全面広告に、るいは言葉を失った。

『出版文化は死にません。

私達は新海社を応援します』

という大きな文字の下に、ズラリと人気作家の名前が並んでいるではないか。

筆頭は眞垣秀月。最後は秋夫・ウイリアム・ターナーだった。

やっぱり秀月は助けてくれた。

これで銀行も融資を決めるだろう。ここに並んでいる作家達が新作をくれたら、新海社は立ち直れる。

携帯が鳴った。向井からだった。

「よかったな。本当によかった」

向井も電話の向こうで泣いている。

「これで新海社の名前が守れると思います」

るいはすぐに着替えて、秀月の家を訪れた。

玄関先で頭を下げるるいに向かって、

「一千万もかかったえ。やる時はやんねん、わたしは」

と秀月が大声で言った。

るいは頭を下げながら、秀月への恩義は生涯忘れないと誓った。


万理江が新海社で本を出すことを決めたのは、死んだ夫とのことから本気で卒業したいと思ったからだ。

ペットダイナー・マリの社長となり、海外にまで販売網を広げようとしている万理江を、もう誰も笑わない。でも万理江自身の心の中にある、私は夫を奪われた女なんだ、という屈辱感は消えなかった。

行に未練はなかったが、その屈辱感を払拭したかったのだ。それにはひとつの物語を構築し、華麗な再出発をした自分を誇りに思う、もうひとりの自分を育てる必要がある。

何を書いても文句は言わないとるいは言った。それを聞いて万理江は決心した。私に都合のいい物語を作ってしまおうと。

万理江は、隣家に越して来た美しい編集者に夫を奪われてゆくいきさつを、自分を悲劇のヒロインとして語った。レタスを誘拐したことも、妊娠は嘘だったことも、夫を検察に密告したことも全部隠して。

るいがそのことに何の文句も言わなかったのは、あっぱれだと思う。私だったら頭にきていただろう。

夫をしたたかな年上の女に奪われた後、自立してゆく万理江の姿は、美しい物語となり、本の題名は『夫の飯よりペットのご飯』に決まった。

名前も三沢万理江に戻そうかとも思ったがやめた。鈴木行の妻、鈴木万理江で出すことに意味があると思ったからだ。

新海社の担当が会社に来て、雑誌『ＰＲＩＤＥ』の誌面で新刊を紹介したいので、万理江の特集を組むつもりだ。ついてはインタビューに応じてくれないかと言う。すんなり受けてもよかったが、万理江は一つ条件を出した。

「私のインタビューを中村社長にしてもらえるなら、やってもいいわ」

担当者は呆れ返った顔をしたが、万理江は思った。あの人は断らない、絶対に引き受けると。

るいによる万理江のインタビューは、ホテルのスイートルームを貸切り、一流のカメラマンに依頼して行われた。

「夫とあのまま結婚生活を続けていたら、きっと私は一生退屈しながら暮らしたと思うんです。仕事を持ってみて、そのことがよくわかりました」

「今が一番充実していらっしゃるんですね」

「はい。いろいろありましたけど、中村さんと亡くなった夫には感謝しています」

さすがのるいも、ちょっとの間、言葉を失っていた。ぽっかりした間の後、万理江は恥ずかしそうに言った。

「中村さん、聞いて欲しい質問があるんですけど」

「何でしょう？」

「……恋をしてますか、とかそういうの」

「今、それをうかがおうと思っていたんですよ」

「ウソ……」

「では改めてお聞きします。鈴木さんは今、お仕事が一番お忙しい時ですけれど、恋もなさっていますか？」

万理江は背筋を伸ばして、嬉しそうに答えた。

「いいえ、今は恋より仕事です。でもいつかわたしも、すご〜く年下の男の子とつきあってみたいと思います」

再びぽっかりした不思議な間が、万理江とるいの間に流れた。

今日、るいをインタビュアーに指名したのは、これを言いたかったからなのだ。るいと夫のことをジョークにして笑い飛ばしてやりたかったのだ。やってみたらどうってこともなかったし、さほどの爽快感もなかったけれど。

インタビューが終わると、るいはホテルの玄関まで万理江を送って来た。こういう所もこの人は凄い。この人のこういう強さを、行は好きだったんだろうか。そりゃあ私にはこんな強さはないものね。

そうだ！　万理江は思い出して、バッグから封筒を取り出し、

「プレゼント、これ」

と言ってるいに渡した。

「行クンの遺品の中にあったの。もういらないからあげる」

封筒は二重になっており、中の封筒は行の血に染まっている。外務省の人に衣類なんかと一緒に渡されたものだ。

絶対にるいには渡さないと思っていたが、万理江はそんな気持ちからも、今日、卒業しようと思っていた。

私は死んだ夫から解放されるけれど、これを読んだら、るいは行に縛られ続けるだろう。ま、それもいいんじゃないの、と考えながら、るいは新海社が用意したハイヤーに乗り込んで、るいにかわいく手を振った。

新海社の社長室に戻ってから、るいは万理江から渡された封筒を開いた。

中には小さなエアメールの封筒が入っており、表に行の筆跡で、るいの住所と名前が書かれていた。差出人は行になっている。そしてその小さな封筒は血に染まっていた。

行がシンガポールからるいに宛てて出そうとした手紙なのか。

封筒は既に開封されている。万理江が開封したんだろうか。

中の便箋には手書きの文字がびっしりと並んでいた。パソコンでしか文書を書かなかった行が、手書きで書いたのか。パソコンもない場所で書いたのだろうか。

『お久しぶりです。いかがお過ごしですか。僕は今シンガポールにいますが、るいさんのことを考えない日はありません。

突然、るいさんの元を去ったことを、許して下さい。今頃何だとお思いでしょうが、あの時はああするしかなかったのです。

モンディアーレ証券はコモン証券とのM&Aのために資金を必要としていました。僕はその一部をチャイナキャピタルの出資に頼りました。チャイナキャピタルはモンディアーレ証券が東証一部に上場した時の利益を見込んで出資してくれました。しかし、M&Aに失敗し検察に逮捕されてしまい、資金を丸ごと損したチャイナキャピタルは、僕を許しませんでした。

東京拘置所から出て来るとすぐ、チャイナキャピタルから電話があり、お前を殺したいくらいだが、殺しても何の利益も見込めない。日本を出てアジアを舞台に荒稼ぎしているファンドの仲間になり、法律をかいくぐるアイデアを出せと迫られました。

るいさんと隅田川のほとりに家を借りて一緒に暮らし出してから、僕が夜中にうなされていたのはそのためです。僕は日本で再起を図りたかった。でも彼等に目をつけられたら逃げられません。何度も許して欲しいと頼みましたが、彼等はついに、言うことをきかなければるいさんを殺すと言い出しました。お前の一番愛する女の命を奪うと。

本当に彼等は言ったことは実行します。だからあの晩、僕はるいさんを置いて家を出ました。るいさんの命を守るには、それしかなかったからです。

最後の晩、本当のことを話し、一緒に逃げようと言おうかと何度か思いました。このまま別れることはあまりに辛いと思ったからです。でも彼等に狙われたら、逃げ切ることは出来ないでしょう。るいさんの寝顔に別れを告げ、あの家を明け方出た時は、本当に悲しかったです。

彼等の手配で羽田から那覇、それから与那国島に行き、小さな漁船で台湾に渡りました。それから偽造パスポートをもらい、台湾人のヤン・ミンリャンとなってシンガポールや上海を転々としながら、自殺する勇気もなく、法律すれすれのことをやらされていました。でも、それももう終わりです。

僕が彼等に命じられた仕事を断ったからです。今度の仕事は、日本の金融市場を混乱に導く恐ろしいものでした。彼等の言う通りにしたら、日本のデリバティブ取引所は世界の信頼を失い、日本の金融市場は地に堕ちてしまいます。それだけは出来ないと思いました。仮にも僕は、日本の金融市場の発展を目標に生きて来た人間です。台湾人ヤン・ミンリャンになっても日本は裏切れません。何度も言いますが、彼等は命令に従がわない者は許しません。ですから僕の命も後一日か二日でしょう。

殺される前に、どうしてもお別れの手紙を書きたくなりました。るいさんに出会えたこと、心から感謝しています。思うように行かなかった人生ですが、るいさんを愛したこと、愛されたことだけは確かな手ごたえとして、僕の胸に深く刻まれています。どうか、どうか元気で、僕の分まで生きて下さい。毅然と立つるいさんの姿が、今も目に浮かんでいます。これからも颯爽と、るいさんにしか出来ない生き方で、新しい時代を闊歩して下さい。強く、誇り高く。さようなら、愛しています。　行』

長い間抱えていた疑問が、今解けた。

るいは手紙を胸に抱いて、新海社の屋上に上がった。そして、行の逮捕を聞いた直後のように、途方に暮れて空を見上げた。

天を仰ぐるいの目から、とめどなく涙があふれて頰を伝い、首筋を伝って、襟元に吸い込まれてゆく。

それからるいは、血のついた封筒を涙にぬれた頰に押しつけた。

この封筒をポストに投函する直前に、行はるいにシンガポールで再会し、そして殺された。

だからこの手紙は行のシャツのポケットに入ったまま、万理江の元に届けられたのだ。

チャイナタウンで私の姿を見た途端、あの人が走り出したのは、私を巻き込みたくなかったからなんだ。

病院で最後に行の口元が語った言葉も、今やっと理解できた。あれは「逃げろ」だったのだ。最後まで私の命を守ろうとして……。

行さん、私も、あなたを愛したことだけは、確かな手ごたえとして胸に刻まれているわ。あの世に行けばあなたに会えるなら、このまま死んでしまってもいいけれど、会社もほうり出せないから、もう少し生きてみるね。あなたに守ってもらった命だから。

年が明け、秀月の新作『死に向かって』も、万理江の『夫の飯よりペットのご飯』も、秋夫の新作『告白の旅』も、ベストセラーとなって本屋の店頭を飾った。

そしてその年の秋、秀月は文化勲章を受章した。その受章祝いのパーティーには長野から向井も出て来て出席した。

秀月の勢いは八十歳を過ぎても衰えない。

会場の大勢の客の中からるいを見つけると、秀月がよって来てささやいた。

「あんた、若い男が好きなら、男の子産んだらええんよ。あれなんかすぐに寝てくれるえ、頭もええし、秋夫なんかより数倍ええわ」

指差した先には、有名な作曲家がいた。

「秀月先生、中村に一番欠落しているのは母性なんでございますよ。子供なんてもうとてもとても」

と、横で向井がちゃちゃを入れたが、秀月は無視している。

「先生、向井のレストランに、一度お連れしたいですわ、長野まで」

向井のためにさりげなくるいが宣伝したが、秀月は、

「そんな遠いとこ行かんでも、おいしいもんはいくらでもあるわ」

と言って立ち去って行った。

ホテルの外に出ると、交叉点で信号待ちしている車の中から、愛子が「るいちゃ〜ん」と手を振っているのが見えた。

スナックをやったりラブホテルの電話番をしていた愛子が、今は運転手つきの車に乗っている。愛子は車を降りてるいに駆け寄って来た。

「今の男、金持ちなのよ。歩かないから、足の筋肉萎えちゃって」

「うちの前の社長の向井です」

「どうも」

「ふふふ、いい感じじゃない」

「残念だけど、女性に興味ないのよ、この方」

「ゲイ？　ますますいいじゃん」

相変わらず愛子の言うことは面白い。

「るいちゃん、まだあそこに住んでんの？　とっとと引っ越しなよ。思い出なんか何の役にも立たないんだから。私なんか、亮の顔、もうぜんぜん思い出せないから。じゃね」

愛子は言うだけ言うと、走って車に戻って行った。

「誰？」

向井がキョトンとして聞いた。

「息子の元カノです」

「女性は元気がいいね、みんな」

向井が大きなため息をついている。

「るいの彼氏は死んじゃうし、秋夫・ウイリアム・ターナーはロンドンに逃げちゃうし、俺はリタイアだし、男はみんな弱いのにさ」

「男は滅び、女は栄える。それが真理だってことですね」

呆れた顔で向井が言い返した。

「今の言葉、あの世の彼氏が聞いたら何て言うだろう」

「惚れ直すんじゃないですか」

るいはすかさず答え、ケラケラっと笑った。その声が秋の空高く響いた。

行の願ったように、るいは生きている。毅然と誇り高く、そして颯爽と……。

この作品は書き下ろしです。原稿枚数425枚（400字詰め）。

幻冬舎文庫

●好評既刊
血液力
毎日の正しい「食べ合わせ」でキレイになれる！
千坂諭紀夫

皮をむかない、アクを抜かない、なるべく切らない、ひたすら煮炊きする、梅干しを加える。食材の性質を深く理解し、この方法を実践するだけで、美しく健康になる。「千坂式食療法」の決定版！

●好評既刊
インターフォン
永嶋恵美

プールで見知らぬ女に声をかけられた。昔、同じ団地の役員だったという。気を許した隙に、三歳の娘が誘拐された（表題作）。他、団地のダークな人間関係を鮮やかに描いた十の傑作ミステリ。

●好評既刊
瘤
西川三郎

横浜みなとみらいで起こった連続殺人事件。死体にはいずれも十桁の数字が残されていた。捜査線上に浮上した二人の男と、秘められた過去の因縁とは。衝撃のラストに感涙必至の長編ミステリ。

●好評既刊
収穫祭（上）（下）
西澤保彦

一九八二年夏。嵐で孤立した村で被害者十四名の大量惨殺が発生。凶器は、鎌。生き残ったのは三人の中学生。時を間歇したさらなる連続殺人。二十五年後、全貌を現した殺人絵巻の暗黒の果て。

●好評既刊
日本人が意外と知らないにほんの話
にほん再発見研究会編著

「ぽしゃる」の「ぽしゃ」って何のこと？　なんで会計を「おあいそ」って言うの？　赤面必至の身近な勘違いから、思わず披露したくなる驚嘆の新事実まで、おもしろなるほど知識１００選！

セカンドバージン

大石静《おおいししずか》

平成22年11月20日　初版発行
平成22年11月29日　2版発行

発行人——石原正康
編集人——永島賞二
発行所——株式会社幻冬舎
〒151-0051東京都渋谷区千駄ヶ谷4-9-7
電話　03(5411)6222(営業)
　　　03(5411)6211(編集)
　　振替00120-8-767643
印刷・製本—株式会社 光邦
装丁者——高橋雅之

幻冬舎文庫

ISBN978-4-344-41570-6　C0193　お-20-4